天山明月集

童　山　著　　東大圖書公司 印行

國立中央圖書館出版品預行編目資料

天山明月集／童山著. --初版. --臺北
市：東大發行：三民總經銷，民84
面；　　　公分. --(滄海叢刊)
ISBN 957-19-1883-0 (精裝)
ISBN 957-19-1884-9 (平裝)

851.486　　　　　　　　84007523

© 天 山 明 月 集

著作人　童　山
發行人　劉仲文
著作財　東大圖書股份有限公司
產權人　臺北市復興北路三八六號
發行所　東大圖書股份有限公司
　　　　地　址／臺北市復興北路三八六號
　　　　郵　撥／〇一〇七一七五──〇號
印刷所　東大圖書股份有限公司
總經銷　三民書局股份有限公司
門市部　復北店／臺北市復興北路三八六號
　　　　重南店／臺北市重慶南路一段六十一號
初　版　中華民國八十四年八月

編　號　E 85306

基本定價　叁元貳角

行政院新聞局登記證局版臺業字第〇一九七號

邱燮友的《天山明月集》序

方祖燊

　　《天山明月集》是邱燮友教授第二部新詩集。集名「天山明月」，是取唐朝大詩人李白的〈關山月〉的「明月出天山，蒼茫雲海間。」李白寫過許多抒情的歌行，燮友實有以李白寄情自勉之意。他的第一部詩集《童山詩集》，在民國六十四年（一九七五）由三民書局出版；我寫過一篇評介。他這第二部《天山明月集》又將出版，要我寫一篇序。現在就將我對燮友的認知，細讀這部詩集的感受，報告給各位。

　　邱燮友，福建龍巖人。龍巖是一個民風素樸的小城，出產黑金，就是煤塊，當地人煮飯燒菜，只要上山一挖即得。

　　民國四十年（一九五一）秋天，我在師院讀書時就認識了燮友，我們都喜歡讀詩寫詩，因此一見如故。不過，第二年二月，我就畢業離開師院，到國語日報擔任《古今文選》編輯。四十五年，我回師大做助教。四十六年八月，燮友這位詩情煥發的朋友，回師大國文研究所深造，我們再度相聚。燮友已經和張仁香女士結婚。《童山詩集》中清新綺麗的詩篇是抒發他們幸福的愛情與婚姻。四十八年他畢業留校任教，我們又成為同事。

　　民國五十三年，我先在師大夜間部教新文藝課程，第二年我

又在日間部開新文藝課，第三年變友加入教授新文藝的陣營。當時「新文藝」的教學是一片亟待開發的處女地，幾乎沒有任何理論之可言。而且新文藝課程則涵蓋新詩、散文、小說、戲劇四門，教起來十分吃力。我們兩人為了達到這門課教學的效果，商量分工合作，各自蒐集資料，分途編寫理論，作為共同的講義。於是我們在五十九年合作完成了《散文結構》一書，由蘭臺書局出版。變友仍繼續不斷寫作新詩，新詩的理論就由他主寫；我的興趣早已轉變喜歡小說，由我主寫小說理論。至今，變友的《新詩結構》也已完稿。我的《小說結構》全書約七十萬字，由東大圖書公司出版，最近可以問世。

　　民國五十七年至六十五年之間，我們住在永和環河西路、臺北和平東路，兩度做過近鄰。變友時常邀我到他家裡吃飯聊天。我們兩人的興趣性情十分接近，都喜歡讀書研究寫作著述，時相彼此期勉，希望每年能夠出版一本新書。我們也常常合作寫書，像我們一起編纂三民書局的《大辭典》。《大辭典》，變友付出的心力最多，比任何一位編纂者都要多上十倍。還有一起編纂復興書局《成語典》，為《中央月刊》寫「中國文學家故事」的專欄。這些的合作都十分愉快。

　　邱變友教授是一個性情非常溫和的人，做事認真負責，和三民書局董事長劉振強先生的友誼極為深厚。系上同事出書，大都得過他的助力，向劉先生推介。他應該是極易相處的一位朋友。當然，他的性格和我有些不同，我是豪爽絕不讓人，變友則相當能容忍人。郭為藩先生做師大校長，曾不止一次屬意他擔任國文系所主任，都因事乖而未果。我個人認為系上同仁若能大家同心

協力，變友倒不失是一個很好的舵手，當可在協助本系教師在學術研究上開拓領域。民國八十年一月，師大國文系所開始選舉第一位系主任，變友可能基於這種為同仁服務的心情出來競選，並邀我為他助選，經過激烈的四次投票，變友終於選上。他做了系主任後，開始增加設備，每一研究室都有一部電腦，使國文系所走上電腦化，終因人事複雜，系務的推展打了折扣。我只好感歎溫和如變友，在今權欲爭競的濁世之中，最好還是做一個避世的陶淵明。

果然，兩年半的系主任所長的任期過去了。無官一身輕，他從忙亂的俗務中擺脫。民國八十二年（一九九三），前往香港擔任珠海書院客座教授。一人獨居香港，圖書都在臺北，不能做研究工作，又恢復詩人的情性，開始寫詩的生涯。這集裡所收的作品，大部分作於客居香港的一年（一九九四），少部分作於一九九三、一九九五及其他年代。結果成就非凡，畢竟他最宜於做詩人。

《天山明月集》收一百一十二首新詩，分做六卷：

第一卷收童詩六首：這些詩大抵是寫他的孫子小和元的童心和童語。變友說：「孩子們的童言童語，使我們忘了自己風華消逝。隨著四季的風，變成快樂的蝴蝶和蜜蜂。」當我們讀到：

蚊子為什麼不當人呢？
當人可以喝牛乳，吃肉鬆，
還可以快快樂樂看卡通。

蚊子為甚麼要喝人家的血，

> 你說，為甚麼不當人呢？
> 蚊子，真笨！

這些天真無邪的話，確能教人倒回了幼小時光的隧道，幻變成蝴蝶和蜜蜂。

第二卷收紀遊詩三十五首：我們這一代中國人過去歷經戰亂，現在時常旅遊，不管是芋頭還是蕃薯，我們都充滿了異鄉人感覺。尤其是從大陸到臺灣的這一代人，這種感觸最深。就拿我來說，我在臺灣快五十年了，這裡人說「你是大陸人」；當我回到大陸，那邊人卻說「你是臺胞」，難怪變友要說：

> 有人問我故鄉在那裏？
> 有誰能回答呢？

變友在這一卷裡，包括了美國、加拿大、香港、澳門、砂勞越、大陸等地，他都留下了雪泥鴻跡。寫的最多的是「香港紀遊」，因為他在香港珠海書院整整執教一年。到美加則是參加1992年「全美語文教學年會」，順道遊覽了一些大城勝區。〈砂勞越之歌〉是1987年作品。大陸有南京、無錫和揚州三地。

這些描寫城市生活、描寫景物風光的詩篇，都寫得非常平白有味兒。從前，我喜歡讀美國詩人惠特曼的《草葉集》（*Leaves of Grass*），他描寫自然和城市，詠歌平民的生活，都不受韻律的拘束，創造了極為成功的散文詩體。現在再讀變友的紀遊詩，也帶來同樣的喜悅快感！這些詩都是非常流利的，你讀：

> 芝加哥，芝加哥，
> 世界第一的芝加哥，

摩天樓、屠宰場、交通網，
連全美語文教學年會大拜拜，
一千篇論文一起發表，
百花齊放，各說各話，
各有主張。

在這樣流暢的幾行詩中，可以看出芝加哥城的剪影，會議盛況與學術研究的自由。他的紀遊詩大多類此，可以瀏覽到底。其間也有氣魄相當雄偉的，像描寫尼加拉瀑布：

千噸重的鋼，從高空瀉下，
千噸重的水，向大地敲響。
此時空間和時間凝聚一團，
像狂奔的情感！
你我都忘了現在，
跟千萬朵水花跳躍，
跟千萬條彩虹飛翔，
尼加拉瀑布，夢幻的新娘。（〈美加紀遊〉）

起句設譬，雄奇巧妙。他也有抒情寫景極細緻美麗的，像在〈澳門行〉中，憶念他的故鄉說：

門前的水，山後的風，
故鄉的風景經常來入夢。
兒時，踏過板橋，
就在楊柳小橋後，
家在繁花煙樹中。

> 聽說故鄉春天已到，
> 桃花、羊角花將整座山頭染紅。

這幾行有唐人恬淡的小詩之美，音節韻律也很美，可以細嚼玩味。
至於他描寫香港人片斷的生活，如：

> 普洱茶、大閘蟹、石斑和海鮮，
> 周生生、連卡佛、漢玉和珠寶，
> 香港，男人的樂園，女人的天堂。

「周生生」是一家老牌子的金鋪，「連卡佛」是專賣舶來品的名
店。又如：

> 北角，九龍城碼頭，
> 讓渡輪泊泊聲送你入夢。

> 飛機場，眾鳥棲息的海灘，
> 最後一隻隻沖天飛走。

> 搭紅色的是的士，
> 搭黃色的是小巴，
> 搭花圖案的是雙層大巴，
> 搭銀色鑽地的是地鐵龍。

> 星期天，天空也閒得出奇，
> 於是馬和狗也成為賭具。（〈香港紀遊〉）

香港，世界的商城，金融貿易中心，
一座座建築像神話中的巨人。
夕陽斜照下，香港，真美，
太平山下，為你點亮千萬盞燈。（〈香港一角〉）

到過香港的人，對這些景物都非常熟悉；他只用三兩句就把它勾
畫浮現在我們的眼前。在這些紀遊詩中，我最喜歡的一首是〈揚
州瘦西湖〉：

你想在江南小溪垂釣，
釣起一川垂柳，半竿風月，
江南小村，青磚黑瓦白粉屋，
你是否能到揚州來小住？

个園平山堂窗外，
遠山隱隱與此堂平齊，
當年杜牧、姜白石教玉人吹簫，
簫聲散落成四周的花蕊，
這已是一千年前的花事。

袖珍瘦西湖，秀長綠楊柳，
橋中有橋，亭外有亭，
白塔在二十四橋間挺秀。
我想把詩句題上流水，
好讓旅客細讀，讀一段瘦細湖秀色，
忘了回去，在此長留。

杜牧的「十年一覺揚州夢,贏得青樓薄倖名」;姜夔的「自作新
詞韻最嬌,小紅低唱我吹簫」的韻事:一下子又湧現我的心頭。
只可惜,我數次往遊大陸,都未親炙過揚州江南的水村,親見過
二十四橋的明月,只在作品中讀到清揚州太守伊墨卿題平山堂的
聯語:

> 銜遠山,吞長江,其西南諸峰,林壑尤美;
> 送夕陽,迎素月,當春夏之交,草木際天。

現在,再讀了夔友描寫「瘦西湖」的好詩,真的引動我往遊揚州
的意念,看看江南水邊的小村,賞賞瘦西湖的月色,聽聽簫聲和
低唱,再憑弔憑弔詩人詞客的芳躅。

　　第三卷收懷念詩及其他八首:包括一些雜感(如〈溪洲、永
和〉)和詠史(如〈滿城金縷衣〉、〈武威銅馬車〉)的作品。

　　第四卷收短歌八首:四行一首,六行一首,其餘六首都是兩
節八行,而且比較注意音節押韻和整齊形式,名之「短歌」,可
能由此。細讀之,多是抒寫男女之愛的情歌。寫情很細緻,很愜
意,也很美麗。如:

> 春天,花香落在窗前;
> 秋天,月牙兒像船掛在天邊。
> 懷念,把花和月連成一線,
> 相思,把你和家連成一線。
> 但願,搭上月的小船,
> 帶著花香,
> 在你的夢境中靠岸。(〈短歌〉二)

這首是以女子的口吻來寫，願入對方的夢中。

> 今晚的月亮好圓，
> 思念像噴泉在心頭層層湧現。
> 歸途中，花木都摻上銀色，
> 往事春夢，件件與你相連。
>
> 也許月亮也來到你的窗前，
> 溫潤如月，嫵媚猶似飛仙。
> 也許相思把一夜的空間佔據，
> 因為今晚的月亮好圓。（〈短歌〉四）

這首是以男子的口吻來寫，月圓而寄相思。

> 「風中月，雨中人，
> 奔波風塵，為愛浪跡過一生。
> 一支筆寫情，一把劍寫義，
> 俠客豪情，豈是爭得一世名。」
>
> 「雪中花，夢中人，
> 雨花絲路，生死相許也甘心。
> 沙塞風雲起，天山月夜情，
> 無邊風月，愛夢一生只為君。」

這一首象徵詩，似寫朋友豪情、生死相交之義。也可視為一對戀人，前四句為男子的口吻，後四句為女子的口吻，互道衷情。

這八首短歌的情境自然優美，每一首都令我沉迷低徊，猶像

柳絲牽水，漣漪為之微漾；春風撩人，情波為之輕搖。

　　第五卷收抒情詩五十五首：邱燮友教授在師範大學國文系教過「樂府詩」。樂府在古代大都是可以低吟長歌的歌詩，燮友的詩也時有歌詩的意味，收在〈童山詩集〉裡的作品就有〈里梅〉、〈水鳥之歌〉、〈花嫁〉、〈圓舞曲〉四首，被作曲家郭伯偕譜了曲子，收進〈郭伯偕歌曲集〉裡。現舉燮友所作的〈里梅〉，如下：

　　　　澗底的百花淺笑依伴著綠水，
　　　　少年的情郎在森林裡等著你。
　　　　里梅哦，里梅，
　　　　原野的風吹得多麼狂，多麼醉！

　　　　深谷裡野鳥唱起婉轉的清曲
　　　　少年的情郎在森林裡等著你。
　　　　里梅哦，里梅，
　　　　傳來的山歌是多麼甜，多麼脆！

　　　　天上的白雲默默在山頭相偎，
　　　　少年的情郎在森林裡等著你。
　　　　里梅哦，里梅，
　　　　今晚的月亮該多麼圓，多麼美！

這一首情歌節奏輕快，歌詞優美。

　　燮友在《天山明月集》第五卷收了五十五首抒情詩，原作「情歌」，除了少部分如〈四季〉是賀我的兒子「方宗苞和張曉雲結婚的詩」，還有〈登太平山〉、〈舊金山之歌〉、〈紗帽山風情〉幾

篇之外，大部分都是抒寫浪漫、熱狂、神祕、夢幻的情歌。一九
九四年巒友一個人到香港教書，難免有離別相思、懷念夢思之情，
寄寓於詩什之中。再加詩人的情感的浪漫，靈思的巧妙，要發洩
於詩什之中。廚川白村說：「文藝是苦悶的象徵。」我讀了巒友
這許多抒情詩之後，卻要說：「愛情是詩人的生命。」你看巒友
自己也這麼說：

> 愛情是真實的神話，
> 千萬代流傳的迷信。
> 青春寫在生命的扉頁，
> 相思是最動人的詩篇。(〈你說〉)

難怪這一卷中，情詩是那麼多，那麼美，那麼醉人！這也是理所
當然的事，無須置疑的事。我問巒友：「現在，你的感情還是那
麼的豐富，寫這麼熱情，這麼美，這麼牽心撩魂的情詩！」他卻
向我解釋說：「現在一些抒情的流行歌曲，淺俗無味。我寫抒情
的詩歌，希望能夠提升情歌的境界。過去，作曲家郭伯偕就從我
的《童山詩集》中挑了好幾首，譜成流行的歌詞。現在，我寫這
些抒情詩，仍然有這種改良流行歌的意思。」巒友這些抒情詩都
是「美不勝收」的作品，無法枚舉，現在謹舉兩三首，和大家一
起共欣賞。

> 別後的思念，
> 漫長像黑夜無邊。
> 往日春草初長，春雨織網，
> 網住一塘荷葉，
> 等待蓮荷含苞抽放。

幾次一同走過繁華街道，
幾次同看海濱的明月初上，
幾次同坐在青石板上，
守住一曲荷塘，半塘青草，
聽風聲雨聲走過我們的心頭。

別後的思念，
漫長像黑夜無邊。
泅過整個夏季，
我才發現你是我心中
一朵盛開的紅蓮！（〈紅蓮〉）

花也芬芳，夜也芬芳，
濃濃的水仙，濃濃的花香，

輕撫你的臉頰髮梢，
像三月的柳絲輕拂湖岸，
絲的光滑，綢的柔軟。
白色的花瓣，白色的花環，
凝視你的眼角眉梢，
帶笑的花朵，透露早春的暖黃。

溫馨的愛，纏綿的夜，
是一曲仙女吉賽兒芭蕾，
優美的旋律像陽春沒有盡頭。

擁抱一叢白色的水仙，
擁抱一段彩夢的情關，
跟你共渡一夜的芬芳，
夢也綺麗，夜也燦爛。（〈水仙花之夜〉）

昨夜秋雨，鬱積滿塘相思，
偶爾從聽筒中傳來格格的笑語，
頓時瀉洪道開閘，萬馬奔騰，
像在三峽疊嶂中，大聲呼喚你，
使千山回響，萬山呼應，
愛若，愛若，愛若……

天地蘊藏無盡的深情，
火山爆發時才知道絢麗，
每當分手剎那，讓我大聲呼喚你，
像山濤，像海嘯，難以壓抑，
句句從心底呼喚你，
愛若，愛若，永無止息！（〈呼喚〉後半，「若」
　　　　　　　　　　　古語「你」也）

第六卷收朗誦詩兩首：邱燮友教授在學校裡領導學生組織
「噴泉詩社」，時常舉辦大型詩歌朗誦會。我記得二十多年前，
學校補助社團的經費不夠，每次演出燮友不但要自掏腰包，有時
還要我樂捐幫忙。那時我們待遇都很低。從這事又使我想起燮友
關切學生，還有一事值得一提：

有一次，他班上學生到頭城露營，新聞報告寒流來了；他怕

他們受寒生病就來找我——那時我們都住在永和——，要我陪他給同學送毛衣去。我們帶了許多毛衣，坐了好幾小時火車，到頭城已經下午五點多鐘，又走了許多路，才找到露營區，同學正在燒煮晚餐，從海上刮來一陣刺骨的風雨，實在不勝寒冷。和學生一起吃了晚餐，我們才趕搭夜車回臺北。學生余中生在〈想起頭城〉裡說：「在想不到的時間裡，邱老師和方老師從臺北帶著關懷的心情趕來。」

變友和學生不只是在學校裡開詩歌朗誦會，還鼓勵學生在植物園藝術館，用歌舞方式來朗誦詩歌。他製作過吟唱的錄音帶，像《唐宋詞吟唱》、《唐詩朗誦》，都是由東大圖書公司發行。

這裡收的兩首長篇的朗誦詩〈兩岸〉和〈夸父逐日〉，就是他和師大噴泉詩社的學生一起創作的作品。〈兩岸〉是由政府開放老兵前往大陸探親的熱潮揭開了「序曲」；第二幕描寫臺北的妻的心情和老兵亟待返鄉的心境——構成了「春天裡的冬天」；第三幕由婆媳的談話描寫時代的悲劇，造成母子、夫妻的流離分散，思念等待，構成了「冬天裡的春天」；第四幕結以季候鳥鴻雁會飛向北方又會飛返南方，因為「海峽這邊有我的妻倚著我」「海峽那邊有我的妻念著我」，兩岸都有我們擁有的感情，結束了「老兵的故事」。〈夸父逐日〉歌頌人生應有激發的熱力和遠大的理想，即使力有未逮，亦當至死不悔！

好友的詩集作篇小序，卻寫了這樣的一篇長序來介紹，也許當你知道他的為人，他的生活，他作品的特質，再去讀它，可能會覺得更親切一些。

　　　　　　　方祖燊　於民國八十四年六月十五日　桃林樓

浴火的鳳凰

—— 為童山《天山明月集》作序

應裕康

　　民國六十三年，好友童山兄將他的幾百首新詩作品中，選了七十首，彙集成冊，用筆名命書，就叫《童山詩集》。我當時在新加坡南洋大學教書，聞訊寫了一篇讀後感寄給他，作為恭賀之意。不意童山卻把它置之卷首，變成了〈童山詩集序〉，實在令我汗顏。當然，從中也看到變友對我的友誼，以及他詩人純真的胸懷。

　　日前，童山又把他的詩稿寄給我，定名《天山明月集》，共收詩一百一十二首。他在信中說：「《童山詩集》是你寫的序，今《天山明月集》煩請再為寫序，長短不拘，特此申謝。」信短得像詩，但卻是很誠懇。我讀了信，不由再一次地自問：「我夠為童山的詩集寫序嗎？」

　　我讀的是中國文學，但自覺最沒有文學細胞，當時同班好友，各有所長，每人案首，唯鋼筆與稿紙，雖然年少，都是大家。只有我，連敬陪末座的份都沒有，學一句大陸流行的時髦話：只有「靠邊站」。

　　當然，這樣的身份也有好處，同學們對我沒有排斥的心理，

都願意做我的好朋友。有了作品,都喜歡找我做第一位讀者。我又喜歡發發小意見,對什麼事都有點小小的議論,有時候堅持己見,雖臉紅頸粗也不避,人稱「抬摃大王」。既然如此,同班中寫詩文的大家,在跟我抬摃之餘,不免覺得有時候,對他們的作品,還有些正面的作用。所以凡是寫了些什麼,都喜歡找我談談。領了稿費,也樂意帶我去吃碗牛肉麵。綠葉做久了,大約了解到他們原作的含義,稍作發揮,雖不中,亦不遠焉。因此當時寫《童山詩集》的序,還能勉強湊它個幾千字。文章的好壞不論,總還有那麼個樣子。

然而這些年來,我或在新加坡,或在高雄,與長處臺北的童山,各處一方,偶爾在學術討論會場上打個抬面,說話的時間不會比打個電話長,那麼多年說話的總句數,不會比當時一個夜晚聊的多。在這種情形下,童山的詩意,對我來講,似乎比李白、蘇軾,更為遙遠。但是他居然仍舊找我寫序,惶恐之餘,更深切體會到他深切的友誼,而尤要者,是他詩人純真的胸懷。

童山出生於民國二十年,十九歲進國立臺灣師範大學(當時為臺灣省立師範學院)國文系就讀,開始寫新詩。寫了將近十年的時間,出版他的第一本詩集,就是《童山詩集》,所以詩集中七十來首詩,可說是一個青年詩人的青春告白,既屬青春,免不了有歌頌青春的戀歌,戀歌中的愛神,大多實有其人,民國四十年代的少女,現在大概都過了耳順之年了。但在詩集中,她們卻永遠年輕,看不見歲月的痕跡。我真為她們感覺慶幸,在童山的筆下,她們都活在不朽裏。她們之中,有的只是驚鴻一瞥地走過我們的宿舍,像〈絲帶〉第一章:

> 偶爾街心飄過一束絲帶，
> 纓紅地，隨著纖纖的秀髮散開。
> 何處的花兒，開得這般燦爛？
> 何處剪來的，撩人遐思的雲彩？

　　一個長頭髮紮著絲帶的女孩，走過宿舍外的街心，宿舍內的男孩子，有的像童山一樣，看到她走過去。沒有看到的，就看不到了，因為聽見別人的招呼，再轉頭看，可能她已走過了，即使還能看到一點，也已經不是〈絲帶〉中的情景了。再快的相機，也捕捉不到那一剎那的「絲帶」。況且捕捉到了又如何？似乎沒有一張相片，放久了不會變黃的。我重新翻出《童山詩集》來看，書也有點兒泛黃，但是詩句卻沒有變黃，我的記憶的印象，也沒有變黃。她是誰？叫什麼名字？現在已經是一個老阿媽了吧！有沒有一點老人癡呆的現象？還是能把年輕時候的韻事，絮絮叨叨地說個不完？不管怎麼樣，她一定不知道，在她年輕的時候，在某一個特定的時分，她已經在人間留下一片燦爛的雲彩。而這片燦爛的雲彩是不會變黃的。多美。我不會寫詩，有時也恨自己不會捕捉像詩的意境。但是寫到這裏，我也會感覺到它的美麗。

　　有些童山戀歌中的人物，卻不是陌生的。我讀《童山詩集》，還可以清清楚楚地指出誰是誰來。〈幽谷百合〉第一章：

> 你多像一朵帶露的百合，
> 綻開在沒人到過的幽谷，
> 倘使我不把你的嬌矜描畫，
> 我死後誰能記起這株花朵。

　　那朵幽谷中帶露的百合，誰就是她了。童山曾跟她有過一段青春的交往，童山也為她寫過不少的詩篇，為她快樂，也為她煩惱。有時更「枕畔流不完許多更漏」（〈櫻花開的時候〉詩句）。

　　在當時，我也曾疑惑過，她明白詩人的心意嗎？她值得詩人如此戀慕嗎？但現在我終究有些不同的體會了。當詩人在柔靜的夜裏為她寫詩，我為什麼要指出她是誰來？把她當作紮著絲帶的女孩子，豈不更好？元好問〈論詩絕句〉：「詩家總愛西崑好，獨恨無人作鄭箋。」童山的戀歌，我是有資格作〈箋〉的，但作了以後，讀者不把她看作是幽谷中帶露的百合怎麼辦？甚至把她看作是陽光下帶刺的玫瑰呢？

　　於是我在跟童山做了那麼多年的朋友以後，學會以一個陌生人的身分去讀他的詩了。

　　童山在民國四十八年自臺灣師大國文研究所與我同時畢業，那年秋天，我進政大任教，而童山留在師大母校，到今年足足有三十六個年頭。他在師大教的課程，偏於文學方面，如「中國文學史」、「樂府詩選」、「新文藝及習作」等等，漸漸走到學術的方向，於是新詩的創作，就漸漸地少了，最後甚至完全不寫。民國六十三年他把以前的詩作（民39至48年）結集出版，就是《童山詩集》。當時為其寫序，多少有點感慨，似乎感覺童山「詩」的生命，已經告一段落。實際上這三十多年來，他忙於教書，忙於寫學術論文，忙於做行政工作。其間很多事固然跟詩有關，像他製作「詩葉新聲」、「唐詩朗誦」、「唐宋詞吟唱」、「散文美讀」等錄音帶；也製作「美讀與朗誦」、「樂府詩賞析」、「童詩吟唱」、「詩歌畫語」等錄影帶。很多工作都是圍繞著詩歌的。但也在新詩的

創作上，畢竟是停頓了。

　　童山停止寫詩，使我想到，新詩畢竟是年輕人的世界，他們以青春，加上戀火，就成了新詩源源不絕的創造力。一過中年，那種蓄之於心中的爆發力不見了，詩也就不成篇章了。起初在與童山見面時，還偶爾談上幾句近來還作不作詩的話，久而久之，因為答話早在意度之中，也就不問那些「廢話」了，不過在內心深處，總有那麼一點點疑問，是不是青年一過，就不再能寫詩了呢？是不是不談戀愛，就不再能寫詩了呢？是不是一走上學術的路，就不再能創作了呢？亡友陳慧，他的第一本也是唯一的一本詩集，叫做《青春戀曲》，集中自然充滿青春的吶喊，以及戀愛的呼喚，他以最激烈的方法，結束了他自己的生命，是否意味著：沒有青春，沒有戀愛，就沒有了詩，也就不必有生命？死不能對證，自然不能從陳慧的口中，問出答案來。因此，我對心中的疑問，沒有答案，始終感覺到有點無奈。尤其害怕的是，答案果真如此，恐怕更無奈。

　　幸好，童山以他近年的創作，給我一個很好答案。詩是永久的，詩生命也是永久的。

　　《天山明月集》共分六卷，共一百一十二首詩，其中卷四〈短歌〉八首、卷五〈抒情詩〉五十五首，佔全集的二分之一以上，篇幅之多，給我長久不解的疑問，一個很肯定的答案，詩人的愛火，是永遠炙熱，不會熄滅的。

　　〈相思花〉是卷五〈抒情詩〉的第一首，童山也把它放在卷首，是為釋「題」之作。詩短短的，只有四句，每句七字，像極一首現代的七言絕句：

　　　　我愛天山接明月，

　　　　明月千年照天山。

　　　　相思化作千年雪，

　　　　紛紛飄落成水仙。

　　實際上的天山，位於新疆中部，山脈平行分列，呈東西走向，以西部的騰格里山為最高峰，高七千公尺以上，可以說是我國有數的高山。當然，比起我國喜馬拉雅山八八四二公尺的埃佛勒斯峰。還有一段距離。但天山既有「天」名，被詩人歌詠、借喻，就極其自然了。因此「天山」在這一首詩中，當是指一座與天相齊的高山。在短短的四句詩中，童山流露出一種民族的榮譽：巍巍高山，唯我有之。其次以明月跟天山作對，這兩者之近，也言兩者之密。結語以雪比作花，潔白晶瑩，宛如天仙，而又名之為「相思」，有古代詩人「我所思」的懷抱。

　　這樣一首詩，童山把它歸之於「抒情詩」，也是一首很美的情歌，可見童山對於「情」，已有更廓大的看法。已由小兒女之情，擴大至民族、國家，乃至萬物，莫不有情。詩人溫柔敦厚之旨，我想在此。

　　詩人心中有愛，充沛於生命，於是生老病死，莫不有愛：

　　〈生老病死愛〉

　　破曉時分，

　　有一個生死撕裂障礙，

　　在血跡斑斑中誕生。

　　一張皺了的紙，一本翻破的書，

不斷重複講述一件古老的故事。

悲哀的是一隻瓷瓶破裂了，
任你怎樣修補，仍然有裂縫。
只要有一線希望，決不輕易放棄。

莊嚴的時刻已來到，
眾神排列兩旁，唱著聖歌，
宇宙又回到原頭，
迎接一個流浪的靈魂回家。

為了愛，使血跡斑斑的生命，
鍍上繽紛的色彩。
儘管是一則古老的故事，
有了愛，變成可愛的童話在流傳。

破了的瓷瓶，也有成古董的時刻，
任考古家去推算它光華的年代。
浪子回家，又有新浪子去流浪。
只要有愛，人間的生、老、病、死，
可以用淚水沖掉它的悲哀。

　　這首詩是童山在病中寫成的。《莊子・大宗師》借惠子的口，
來表達生老病死的看法：

　　　夫大塊載我以形，勞我以生，佚我以老，息我以死
　　　。故善吾生者，乃所以善吾死也。……今一以天地

為鑪，以造化為大冶，惡乎往而不可哉？

莊子的看法，凡事達觀，而順適自然。而童山則再加上「愛」，使
生命的過程，更積極，也更充滿了意義。

　　童山的高足潘麗珠小姐，以「滿腔詩情，與風競走」八個字，
來形容童山，說明詩人永恒不斷地成長，實由於他不斷地自我挑
戰。一盞燈，一枝筆，一張紙，就可成為詩人的全世界。在《天
山明月集》的最後，有朗誦詩〈夸父追日〉，也正是詩人自己的
寫照。夸父是我國神話中極可愛的人物。晉代名詩人陶淵明就有
詩歌頌他說：

> 夸父誕宏志，乃與日競走。
> 俱至虞淵下，似若無勝負。
> 神力既神妙，傾河焉足有。
> 餘跡寄鄧林，功道在身后。

夸父在追日渴死之後，他的柱杖便化成了一片廣達數千里的桃林
（鄧林），而且由於他身體的膏血滋潤，這片桃林長得非常茂盛，
為後人造福。我國神話中的主格，大多表現一種奮鬥犧牲、救民
濟世的精神，他們勇敢無私，犧牲小我，最終的目的，在完成大
我，而且至死不悔，在生命結束後，往往還用自己的血肉來完成
願望。如夸父就是。

　　詩人與風競走，不斷地以生命的愛，刻畫成一首首美麗的詩
篇，其意義與神話中的夸父無異。神話人物往往被現實的人生，
嘲笑為不可能的傻子，而實際上這美麗的大千世界，卻幾乎都是
那些傻子所造成的。

　　一首詩動人之處，表現了人間的至真至愛和瞬間的靈思，使短暫的人生都成了永恆。詩是精美的語言，象徵和暗示的語言，流露詩人至真至愛的情懷，像一隻紅蜻蜓、一朵紅蓮、一對火鳳凰、一曲敦煌等，都含蘊著言有盡而意無窮的情意。童山的詩，從《童山詩集》到《天山明月集》，就如同他在詩集中的〈火鳳凰〉：

> 風在吹，火在燒，
> 鴛鴦、蝴蝶、劍，
> 天山、明月、刀。
> 你是俠女，我願是俠客，
> 共圓一個夢，一個江湖。
>
> 李白愛上關外的天山明月，
> 我願是天山，迎接明月。
> 在蒼茫人海間，
> 共圓一個愛，一個夢境。
>
> 風在吹，火在燒，
> 古老的神話，有一對玄鳥，
> 他們比翼在沙磧間，
> 穿過冰雪，穿過火炎，
> 為了夢，為了愛，築巢在崑崙山頂，
> 化作一對浴火的鳳凰。

由於夢，由於愛，但願童山的詩歌，經過數十年的錘鍊，已由玄

鳥成為浴火後的鳳凰，再生的詩歌，展現出無盡的生命力。

應裕康
一九九五年六月二日端午節
於國立高雄師大

滿腔詩情，與風競走

—— 溫柔敦厚的最佳寫照　　邱燮友

潘麗珠

　　民國六十五年，當我就讀北一女中時，邱燮友老師早已因為和謝冰瑩教授共同編撰三民書局版《四書讀本》、《唐詩三百首》、《古文觀止》等書，受到高中學子的熱烈歡迎而名聲遠播響亮。在我考上臺灣師大國文系之後，終於有幸親炙邱老師的丰采，那是大一的選修課「樂府詩選」。

　　高高瘦瘦的身材，不疾不徐的語速，一點點福建口音的國語，從漢代民歌〈上邪〉、〈戰城南〉到南北朝的〈子夜歌〉，學生領受了樂府風格的慓悍、直率或多情，而無論是多情是直率是慓悍，邱老師永遠親親切切和和藹藹的娓娓道來。那時舊普通大樓的通一二一大教室，每到週六早上便人山人海、水洩不通，學生爭著聆聽邱老師空谷清泉般的吟詠。

　　吟詠？是的，老師即是詩人「童山」，有《童山詩集》出版，這是老師將大學、研究所時期的作品挑出七十一首在六十四年時於「三民文庫」與讀者見面。而十多年來，老師未嘗中輟現代詩的創作，無論學術研究多忙或是行政工作多重。我猜想；這樣的堅持，正是老師報答恩師謝冰瑩教授的一種方式。由於謝教授並沒有規定現代文學的作業形式，邱老師每次都以新詩呈繳，得到了謝教授非常好的評價與鼓勵，大二便開始投稿《公論報》副刊

（這一點，文化大學的金榮華教授直說：「崇拜得不得了！」），並且和同班同學數人組成北斗詩社，又和一批同好組織全校性的社團「細流詩社」，而在一次拜訪梁實秋先生家中認識了余光中。從此，詩成為老師永恆的愛戀！

後來，老師也在大二開授「新文藝及習作」，課堂上經常分析自己的新作以指導學生步入現代詩的殿堂；他的詩作沒有太多炫奇爭艷的意象，卻充滿了溫馨可喜的詩心或節奏靈動的民歌風味，朗誦起來特別好聽。這樣的授課方式得自於謝冰瑩教授的啟發，老師往往在課堂上當場作起詩來，從詩興的啟動、詩句的琢磨到詩篇的組織、完成，一堂課下來便詩果纍纍。詩的授課就是詩的宴饗！

老師指導師大噴泉詩社的詩歌朗誦以及南廬吟社的詩詞吟唱技巧有二十餘年的經驗，直到前年去香港講學才卸下指導的重擔。多年來，老師推動詩歌聲情藝術的熱忱，大家有目共睹，他曾經投入極大的心血蒐集臺灣詩社的吟唱資料，為東大圖書公司製作「詩葉新聲」、「唐詩朗誦」、「唐宋詞吟唱」和「散文美讀」等錄音帶，更在民國七十年獲教育部頒發「詩教獎」！老師與詩，相看兩不厭，一往情深！這兩年電視媒體出現一則仙草蜜的販售廣告，廣告中的配樂就是老師的古詩吟唱，風格清新，極富思古幽情，讓「中國黑玉布丁」的味道更富古風，也顯示了老師吟唱工夫的魅力。不僅如此，為了提昇詩歌教學的品質，近年老師接受教育部委託，與臺灣師大陳滿銘教授共同撰稿，完成國中國文第一冊絕句和第二冊律詩部分的教學錄影帶；又獨力完成師大人文教育中心拍攝的「美讀與朗誦」和「樂府詩賞析」錄影帶；同時，

也和公共電視合作「童詩吟唱」和「詩歌畫語」的影帶錄製。這些辛勤付出，無非是希望我們的詩歌教育能夠更加推廣、落實，希望有更多的人投入詩歌溫柔敦厚的行列。

除了「新文藝」，老師還講授「中國文學史」。

上「文學史」，聽故事。許多文學掌故老師信手拈來，如數家珍。漢賦的板重、六朝的巧構形似、唐詩的高華，都在老師的講述裡幻化成一朵又一朵、數也數不盡的蓮花。尤其老師指導我們寫報告，從形式、題目設計到資料尋找、分析，都有詳細的說明，這使得有心從事研究的學生奠定良好的學術研究根基。

說到得意門生，目前在政治大學中文系所任教的李豐楙博士（早期以「李弦」為名發表新詩）、服務於中央大學中文系的顏崑陽博士（老師特別提及顏氏的古典詩詞造詣極高），還有空中大學人文學系前主任沈謙博士，都是老師的高徒。另外，名作家蔣芸女士則是老師民國四十四年任教花蓮女中的學生，而現任中興大學文學院院長胡楚生博士則是老師授課鳳山高中時期的高材生。老師說到他們的時候，臉上洋溢著快慰、欣喜，彷彿他們的成就也是老師的光榮，而他們，也在文教的道路上踵續老師的足跡，努力地耕耘、傳承薪火，點起一盞又一盞的明燈！

具有詩人氣質的老師原是極排斥行政工作的，然而民國六十九年前往韓國召開高等教育會議之旅，卻改變了老師的經歷。那次同行者有現在的教育部長郭為藩先生、司法院長施啟揚先生等計七、八人，除了老師是清湯教授之外，個個都有行政職銜。郭部長當時任師大校長，兩個星期之後回國，即找邱老師出任進修部副主任一職，就因為不擅長拒絕，老師任勞任怨地做了四年，

終於以休假出國為由，獲得養精蓄銳的機會。至今，進修部的舊屬見到老師，仍然恭敬親切地叫聲「主任」。不料一年後回國，又被派任僑生輔導委員會主任委員，忙了一年，老師還是覺得志趣不合而請辭。

直到八十年元月，國文系第一位「民選」系所主任產生，老師的行政工作才又開始；他緊緊把握為全系師生服務的機會，戮力推動全系行政和研究電腦化的工作；每一間研究室設置電腦一部，成立一間大電腦教室供全系學生自由使用，增設中文電腦課程讓學生選修，請學有專長者指導全系同仁使用電腦……一時之間，國文系「很電腦」，一點也不會跟不上風潮。而為了帶動全系的學術研究風氣，老師任內舉辦了數次大型國際或全國學術研討會，藉著嚴謹的辯駁、問難，開展系所師生的研究契機與視野，提昇師大國文系的學術地位。

老師不是迷戀權力的人，他把許多事務交由教授會議處置；教授會議因功能不同分為若干小組，各有職司，遇有重大決策，開會討論定案，一切都按民主程序來。不了解的人誤會老師拿不定主意，事實是：老師有他的行事風格，無論他人的或褒或貶，唯求問心無愧。他非常喜歡幫助學生解決難題，無論多忙，只要學生求見。他一定放下手邊的事，傾聽學生說話，協尋困難所在，力求解決之道。學生都說：老師是既親切又有風格的大家長。

有時，老師也會忍不住感慨時代變遷對學生造成不良影響。現在的學生外務太多，努力兼家教賺錢而減少了看書時間，心態上未必真正鍾情自己所學，畢業後安分教書不過是圖個工作穩定，談不上什麼理想與抱負，這真的和以前的學生不大一樣！他曾經

在一次學術會議主持告一段落時以這樣的話語作結：「與風競走，將詩句題在雲上。」意思是勉勵大家要不斷自我挑戰。他也曾對第四屆保送大學中（國）文系的資優營學生說：

只要有一棵菩提樹就可以得道，

只要有一盞讀書燈就可以照亮前程！

老師深信：讀書可以改變命運，可以創造前途。因此，從四十八年進入師大服務開始，老師便立下志願——每一、二年出一本書，或編著、或創作、或學術性質。這麼多年來，從《成語典》、《四書讀本》、《唐詩三百首》、《古文觀止》、《中文大辭典》、《童山詩集》、《品詩吟詩》、《美讀與朗讀》……加上最近的現代詩新作《天山明月集》剛出爐，老師果然是「與風競走」！

天山明月集

目 次

卷三　天山明月 / 懷舊詩及其他

卷四　天山明月 / 短歌

卷五　天山明月 / 抒情詩

卷一/童詩

孩子們的童言童語，
使我們忘了自己風華消逝。
隨著四季的風，
變成快樂的蝴蝶和蜜蜂，
在童話中的王國飛舞，
釀造春天的酒，秋天的蜜，
共享夏日的微醺，冬日的富足。

童詩 (一)

偶然在牙科醫生那治療台上，
醫生問小朋友：
「啊，把嘴張開，
你是上牙床痛，還是下牙床痛？」
「樓上痛啦……」
「小朋友，請問
你樓上那一間房子痛？」

童詩(二)

小和元讀幼稚園小班了，
他由阿媽幫他帶大，
有一天，朋友問小和元：
「你會想你的爸爸媽媽？」
他卻頑皮地回答：
「別的小孩用眼淚想他的
爹地媽咪，我是用腦筋來想的。」

童詩（三）

蚊子為甚麼不當人呢？
當人可以快快樂樂出去玩，
騎摩托車，看風景。

蚊子為甚麼不當人呢？
當人可以笑嘻嘻去抓蟬，
在夏天把樹當陽傘。

蚊子為甚麼不當人呢？
當人可以喝牛乳，吃肉鬆，
還可以快快樂樂看卡通。

蚊子為甚麼要喝人家的血，
你說，為甚麼不當人呢？
蚊子，真笨！

1994.8.13

我是雲

晴空碧藍地像海洋，
我走過天空像一艘船。
在廣大的天地間，
我啟航尋找另一個港灣。

有時，我像個旅行家，
背著行囊，自由自在地觀賞：
我俯視過無數的鄉村和城鎮，
也數盡蒼翠的河流和山崗。

有時，天空像一片草原，
奔馳的羊群是我的同伴。
太陽、月亮便是仁慈的牧者，
四周閃亮的星，是花開的春天。

有時風起雲湧，迅雷飛電，
我化作點點水珠，驟降人間。
滋養了大地，化育了萬物，

灌溉遼闊的原野，水庫和麥田。

今天，晴空又亮出一面藍天，
我在海角山腰出現。
我是雲，自由自在，
天空是我的家，我的家園。

和元愛恐龍

吃草的恐龍不會咬和元，
和元喜歡。

爬上腕龍脖子，伸到天空，
可以採白雲，採太陽。
如果晚上爬上特超龍，
可以拜訪宇宙星星，抱一顆星球來玩。

最有趣的恐龍是梁龍、長頸龍，
梁龍的尾巴像掃巴，
長頸龍的尾巴像鞭子，
可以把地球打醒，讓它旋轉。

和元愛恐龍，
和元的阿公也愛恐龍。

1994.11.15

童詩（四）

孩子們的童言童語，
使我們忘了自己風華消逝。
隨著四季的風，
變成快樂的蝴蝶和蜜蜂，
在童話中的王國飛舞，
釀造春天的酒，秋天的蜜，
共享夏日的微醺，冬日的富足。

1995.4.9

卷二／紀遊詩

飄泊的歲月，流浪的現代，
有人問我故鄉在那裡？
有誰能回答呢？
黃昏的故鄉，遙遠的鄉關，
隨白雲飄泊，隨足跡流浪。

美　加　紀　遊

参加1992年全美語文教學年會，並宣讀論文.
1992.11.19—11.30

芝加哥，芝加哥，
世界第一的芝加哥，
摩天樓、屠宰場、交通網，
連全美語文教學年會大拜拜，
一千篇論文一起發表，
百花齊放，各說各話，
各有主張。

與風競走，
將詩句題在雲上。

芝加哥沒有留下我的腳印，
但我卻曾來過。

車行滾滾，
管它是加拿大的尼加拉瀑布區

還是紐約的尼加拉、水牛城，
窗外黃草綿延都是異鄉。

面霜、脣膏，酒和龍蝦，
女人大把錢花在臉上，
男人大把錢都花在嘴上。

飛上雲端，
飛到雲上，
白雲堆積像綿羊、像白浪，
一群群，一浪浪，
從芝加哥到底特律，
從底特律到華盛頓，
一路陽光，一路晴朗。

朋友，聽說您要來，
我們下了一場雨來迎接您。
古典的華盛頓，溫馨的人情，
感恩節之夜，雪已融解。

華盛頓感恩節的夜晚，
街上行人稀少，車行如煙，

溫馨的夜有幾分顫慄，
幾個碩大的黑人結集一旁，
我們快速通過，
上帝已睡著了，
誰還會感恩誰呢？

美東之行，
錢包越來越瘦，
行李越來越胖，
購物的歡悅，
忘了窗外的風景。

白宮的草地，國會大廈，
太空陳列館，自然生態博物館，
甘迺第墳前的永恆之火，
一切都掩埋在圖案似的，
皮革似的楓葉上。
一切都遠了，
只有華盛頓的紀念碑，
高高刺破碧藍雲行的天空。

千噸重的鋼，從高空瀉下，

千噸重的水，向大地敲響。
此時空間和時間凝聚一團，
像狂奔的情感，
你我都忘了現在，
跟千萬朵水花跳躍，
跟千萬條彩虹飛翔，
尼加拉瀑布，夢幻的新娘。

美國獨立宣言後，
在華盛頓的後花園，
有人在靜坐，
有人在遊行，
有人在抗議，
有黑人在路倒，
在灰濛濛的天空下，
雪花和楓葉將他埋葬。

摩天樓的陰影下，
唐人街在窄道中求發展。
但唐人街卻是
留學生和失業者
打工的天堂。

飄泊的歲月，流浪的現代，
有人問我故鄉在那裡？
有誰能回答呢？
黃昏的故鄉，遙遠的鄉關，
隨白雲飄泊，隨足跡流浪。

世華會爽秋團長，
世華會光君秘書，
您們辛苦了，
無論是與會宣談論文，
無論是座談會申表意見，
玲瓏的不倒翁，
甘草的橄欖。

到處都有母子愛，
到處都有父子會，
到處都有朋友情。
在黎明前的費城，
我們離別，我們分離，
淚水和感傷包圍著我們，
再會吧，孩子，

再會吧，朋友，
再會吧，美國。

香 港 紀 遊

1993.11.27

香港組屋，建築群矗立，
一座座像紀念碑，
一格格紀錄著開發的事蹟。
入夜，燈火輝映，
一排排像屏風，閃亮的珍珠。

普洱茶、大閘蟹、石斑和海鮮，
周生生、連卡佛、漢玉和珠寶，
香港，男人的樂園，女人的天堂。

公園，都市的肺，
是老人、小孩和狗的家。
跟冬天的太陽嬉戲，
暫時忘了孤單和流浪。

車流似水，穿梭路邊的人群是過江的鯽。
車潮人潮不停，流向夜的深淵。

沙田的風似潮似濤，
一波波打向船灣，
在八仙嶺馬鞍山激起朵朵浪花。

北角，九龍城碼頭，
古老的土瓜灣，浸入落日，
讓渡輪泊泊聲送你入夢。

飛機場，眾鳥棲息的海灘，
它們在這兒孕育，下蛋，
最後一隻隻沖天飛走。

油麻地已不再種油麻菜仔，
古老的廟街，伊伊呀呀的唱曲兒，
從現代回到古典，繁忙的從卡拉OK勁歌。
一齊遁入駙馬爺和帝女花的世界。

世界變小了，香港變大了，
所有好的東西隨潮水湧到，
像美麗的花在春天裡陳列。

1993.12.17

甚麼是詩？
沙裡的黃金，
石裡的金鋼石。

詩歌是心靈的窗，
從窗外可以看到四季的風景。

香港，東方明珠，
是富人的王國，窮人的樂園，
富人佔據了一座座的摩天大樓，
窮人路倒，他卻佔領了整條街道。

早晨公園裡遇到一個提鳥籠的人，
他說他實在太愛鳥了，
鳥說：「你養我一生，我卻恨你一輩子。」

搭紅色的是的士，
搭黃色的是小巴，
搭花圖案的是雙層大巴，
搭銀色鑽地的是地鐵龍，
我卻願意選擇藍色的天空，
搭白雲從這頭到那一頭。

少年時靠才華，
中年時靠功力，
老年時靠境界。

星期天，天空也閒得出奇，
於是馬和狗也成為賭具。
四蹄的奔跑和心跳相連，
買一張吧，
加入人群吶喊：
「我要贏取明天，
我要贏得生命。」

只要有一棵菩提樹，
便能得道；
只要有一盞讀書燈，
便可照亮前程。

假設：大家日子過得
很爛，很無聊，
於是大家設定一個日子，
不准講不吉祥的話，

見了面便說：新年好
新年快樂。
所以它就叫做年、新年，
重新劃定的起跑點。

卡特說：「權力使人腐化。」
我卻說：「詩歌使人淨化。」

澳門葡京卡西奴（Casino）
的八把刀，
專宰割四方的英雄；
但檯上的「苦海明燈」，
卻指引你避開刀鋒，
向莊家討回歡樂的成果。

1994.2.26

澳門行

珠江的水，澳門的風，
曾經沈埋多少遊子的夢。
南方，溫暖的水草，
是候鳥的驛站，
北國依然在冰凍。

門前的水，山後的風
故鄉的風景經常來入夢。
兒時，踏過板橋，
就在楊柳小橋後，
家在繁花煙樹中。

聽說故鄉春天已到，
桃花、羊角花將整座山頭染紅。

1994.2.26

古董

古董是現代的風景，
風景是從前的古董。
我們一起走入風景中，
成為古董裡活動的人物。

1994.2.28

人種

白色來自歐羅巴的冷靜，
黑色沿自非洲黑色的大陸；
紅色起源於南美戰士的孤獨，
黃色染有黃河渾厚的泥土。
不管是黑白交匯，
還是紅黃交錯，
在中環、尖沙咀行人道上，
每個人都閉上嘴，張大眼睛，
認真地尋找神話中的寶藏。
偶然車廂中，母親懷抱裡，
綻開一線純真的微笑，
原來母親是金，孩子才是寶。

1994.3.4

我愛珠海

洋紫荊開著紫色的花蕊，
陽光照亮南海的明珠。
珠海，在荃灣長大，
它如同靜海中的一隻蚌殼，
青衣島便是一個見證人。

我愛珠海，
它是智慧的搖籃，
它是學海中的一顆珍珠。
生活的歷練增長年輪，
文化的圓融憑添信心。
讓我們攜手同行，
走過人生一段重要的旅程。

1994.3.4

鯉魚門的一夜

彩霞塗漫香港的夜，
商家點亮門前的燈，
食客們歡愉的湧向鯉魚門，
在眾多水族箱前抱一隻龍蝦，
作為到此一遊的見證。
在無數晚餐中，
彩眉、青衣、石斑、皇帝蟹，
你把歡樂建立在水族們的身上，
鯉魚門的最後一夜。

1994.3.5

寶石

寶石也有天才和白癡，
顏色、亮度就是智慧的表徵。
巧匠的手，揭開宇宙的奧秘，
石中有玄機，也有禪趣。
富豪們用它設計愛情，
女子們的最愛，身價的保證。

窗外維多利亞海，
是浮動的祖母綠。
天空卻是晴朗無瑕的藍寶，
一輪落日
嵌鑲天邊耀眼的紅寶，
大地，真美！真好
孩子們說：「到處都是綠寶、藍寶，
還有白寶。」
那白寶呢？該是閃耀星夜的白鑽石。

　　　　　1994.3.16參觀香港第十屆
　　　　　國際珠寶展，在灣仔。

外勞的告白

星期天皇后廣場
是我們族群棲息的家，
我只希望主人能善待我們，
帶些食物來這兒與朋友分享，
香港的天空，馬尼拉的心情。

一群黑黶黶的麻雀，
驚喜地在廣場上落翅，
吱吱喳喳地尋找伙伴，
冬陽灑落黃金似的歡樂，
香港的冷漠，馬尼拉的熱情。

我在家鄉也是系出名門，
在馬尼拉大學也有
引以為傲的紀錄。
我愛我的家人，讓我遠離貧窮，
我愛我的國家，讓我免於饑餓。
我願拖地板、打掃房間、

擦玻璃、洗車子、買菜煮飯，帶小孩，……
我會做很多家事，說好聽的英語，
請您善待我，我都能……
歡樂的香港，鄉愁的假期。

皇后廣場星期天，
被黑黶黶的麻雀佔領。
不，誰說我是麻雀，我是鳳凰，
一個月的報酬，十個月的薪資。
馬尼拉的天空，香港的心情。

1994.3.17

荃灣歸來

夜已深沈，
人已疲憊。
從荃灣到九龍城
路程還遠呢！
我想打盹、瞌睡，
詩童在耳邊喧聒。
「別吵，黑甜夢正好呀！」
他用力搖醒我；
「喂，這麼好的景緻
怎麼可以瞌睡？
夜歸的人，也不是只有你。」
果然，車外有千盞燈，
細雨正編織著尋夢的歌，
燈下還有不少踏夢的人。

　　　　　　　　　3.18夜歸

侏羅紀世紀

小時候，在班上，
大家都很笨，比記憶、比聰明，
用分數計算品德和價值，
自以為出類拔萃，鶴立雞群。

長大後，我也無異於他人，
在大學裡，混得一張文憑。
那時才發覺周遭都是鶴，
嘗到鶴立鶴群的窘境。

來到社會，可是侏羅紀世紀，
往來的都是龐然的大物。
因而世界變得窄小而擁擠，
分數，文憑僅是一些可笑的騙局。

上蒼安排的課程，由不得你，
只有逃課，才發現自我的天地。

1994.3.24

今年的香港，夏天很冷

今年的香港，夏天很冷
千島湖的陰靄，
隔斷了南飛的雁群。
老鷹和狐狸對話，
構成虛無可笑的話柄。

八達嶺山崩，黃山也少了一峰，
西安古城變色，漓江山水枯竭，
都因寒流過境而封閉，
新水滸傳在上演，梁山泊好漢。

遠方的海鳥都回到窩巢，
氣象報告：海上有颶風大浪，
船舶在港中下錨，舢板也上了岸。
雖然四月的陽光已展露鋒芒，
但是，今年的香港，夏天很冷。

1994.4.14

沒有這樣

來香港這幾天無暇睡好，
沒有去看山，也沒有去看海。
只是為了趕文章，
一方面或許是想家，
一方面是希望將自己磨瘦一點，
好讓靈感湧來，文思流暢。

晚上到飯館吃飯，
抬頭看，牆上掛著：
「全日服務
從上午7：00到晚上12：30」
不禁使我驚訝，
原來香港的成就是這樣，
我後悔年輕時沒有這樣。

1994.4.15

香江風味餐

天空被酒樓的市招遮斷，
香港人的美食要與天爭高。
從京華、利苑、敦煌到半島，
從假日、百樂、喜來登到夜市大富豪，
馬爹利、青島啤酒淹沒行人的腳。
路旁熱帶雨林散發著輕狂，
海風吹開了紫荊、白楊花和夾竹桃。

南海有蘇眉海鮮，北朝鮮有烏參鮑魚，
北京烤鴨，蘇杭絕色小點，
江南乳豬菜心，貴妃雞和絲苗飯，
美心、聖安娜餅屋和大排檔，
新疆的果梨，潮州城的魚翅燕窩，
都是老饕們精心設計的菜單，
上古的八珍，現代的風味餐。

新疆風沙，絲道駝鈴遠在國外，
敦煌飛仙的樂舞卻飛上畫舫，

山珍、海味、蔬果、普洱茶揚名桌上，
信鶴、小君，我們一起舉杯，
慶祝日月辛勞後給自己的犒賞。

4.19

調景嶺的歲月

當年走遍大江南北，
彎彎的月亮，照我流浪。
在鳥不生蛋，草不著露的地方落腳，
只求一塊淨土，不再有恐懼和死亡。

從瓦楞屋到違章建築，
半下流社會，走過王亮李娟的時代。
坡上的相思樹刻著相思，
思家的心像北斗永遠不改。

你我做見證，曾指蒼天發誓，
一股仇恨為何久久難消？
在海陬苦守一片青天，
四十年春秋，從少年到白頭。

調景嶺的歲月已成過去，
山坡小道又被蔓草掩埋。
調景嶺的旗海曾如四季花開，

調景嶺義胞散了，還有下一代。

1994.4.17日至調景嶺，回來後4.19有此詩。

註：《半下流社會》是趙滋蕃描寫調景嶺的小

說，王亮和李娟是書中的主角。

寶石年華

誰說女人油麻菜仔命，
女子天生便是一塊寶。

帶小孫子在玩具店門口鬧，
一頭銀髮還跟小孩逗，
好一塊祖母綠，光澤剔透，
叫一聲「阿媽」，甚麼也都夠，
過路行人會停下腳，
分享黃昏前的安詳和慈藹。

四十、五十女子像紅寶，
豐姿綽約，意氣風發，
一股流動的熱流在四周，
被燙到也不算意外。
中午赤腳走過炎熱的沙灘，
前面是海，躡著腳走過的味道。

二十、三十的女子像藍寶，

水一般年華，花一般容貌。
在夢裡編織綺麗的神話，
藍色是多變愛情的代表。
相傳天上有櫻花千株，
一夜間殞落，化作繽紛的雲彩。

少女是一粒亞里山大石，
任何顏色該由你來塑造。
也許她是一首未完成的詩，
怎樣著筆，又有誰知道？
也許她是一支未完成的曲，
靠你的熱情折射出浪漫的春潮。

古時女子好比油麻菜仔，
現代女子命好個個成了寶。

　　　　1994.4.21

　　　　註：亞里山大石，為寶石中最珍貴者，
　　　　隨光線折射成各種顏色。

香港地鐵與臺北

銀河系的車快要開了，
「請小心車門，不要為了禮讓，
把自己關在門外，
咚咚咚咚咚咚……
下一站是『火星』。」
車用光速穿越黑洞，
人造的黑洞無限延伸。

臺北交通，到處是打翻的玩具，
一場惡夢，醒來又進入另一個夢魘。
你我都富有擁有一部車，
管它是「銅罐」，還是「烏賊」，
如果可以摺疊，我將把它泊在皮包裡，
如果可以掛，那就掛在牆上。
大家拿出愛心攜手共渡，
從黑暗渡到另一個黑暗。

假使香港的地鐵過海來臺灣，

銀色的車身，一定被漆成了綠色，
反正我一無所有，也不想回家，
我要抗爭，抗爭到黑夜。

銀河系的車快要開了，
「請小心車門，
咚咚咚咚咚咚……
下一站是旺角。」

1994.4.23

你我的定位

你能認識海裡的每種魚，
說出他們的顏色和泳姿？
你能知道草原上的每種恐龍，
他們在俱樂部裡有多少設施？
你可曾牽過馬到河邊喝水？
你可曾伸手采擷白雲和星星？

在你交往的朋友中，
你知道他們工作的樂趣和困境？
他們如同海裡的每種魚，
在水藻豐盛處遊戲繁殖；
他們如同草原上的恐龍，
在一定領域內自我畫定界限。
是誰創造了天堂和地獄？
是誰安排定位，浮沈在人間？

4.24
與信鶴家人至博藝俱樂部游泳

大嶼山大佛者言

在群山環抱中，
我盤坐寶蓮山山頂，
風來過，雨也來過，
多少昏晨朝夕，
我迎接朝霞，送走黃昏，
天地悠悠不知從何而起，
暮靄蒼茫又將回到那裡？

我舉起右手擋住苦難和災禍，
放下左手招徠吉祥和幸福。
我也用佛印手打招呼，說嗨，
我用如來手召應眾生，說來來！
善男子善女子都來向我祈求，
其實我原本兩袖清風，
我能給您些甚麼？
請看著我，我沒有任何需求。

偶爾空中飄來一層薄霧，

醜陋的世俗因而變得更美；
荒山野嶺立了一尊佛，
草葉紀錄著金剛波羅蜜經。
佛說：一切有為法，如泡如影，
如是我聞，福慧根源於菩提心。

我敷坐群山環抱中，
聽小草從泥地裡鑽出的聲音，
我細聽螞蟻從樹梢爬過，
禘聽花朵在枝頭開落。
我低眉慈眼俯視眾生，
大千世界顯得華麗而莊嚴。
低聲念一聲：阿彌陀佛，
苦海無邊，捨筏登岸，
涅槃就在青山綠水間。

4.26前往大嶼山看佛，
4.28日有此詩。

石澳夏日風情

石澳的陽光很辣，
午後沙灘癱瘓不動。
海水鮮活如三色堇，
遠處奧綠，黛青，近處淺藍，
眺望雲海深處，
重重碧波起伏到天邊。

生命是恆動的潮，
海上浮起如棋的小島。
儘管海浪如何搖撼，
小島龜伏不動如禪石。

散落林間山道的花，
一環環像掉落的紐扣。
鮮亮的棚帘和市招，
遊客裸露看手臂穿梭其間，
熱帶風情寫在他們的臉上，

夏日歡樂刻在他們的心頭。

1994.5.6

* 石澳，在香港南端，有海水浴場，沙軟水
碧，是夏日渡假聖地，當地以尤魚飯稱著。

唐樓舊事

吹引炭火的餘爐，
依然能撩起星星的火燄。
從古老褪色的黑白照片，
依然能散發青春愛情的鮮豔。

唐樓走過光華的歲月，
斑剝外牆深印著皺紋。
銀髮婆婆傴僂一生，
鄰居都說：「她是金山伯的妻子。」

她孤獨有如巫山神女，
擁有一爐清香和舊夢。
相傳楚國頃襄王來過，
那是很久以前的十二座山峰。

在唐樓她等待半個世紀，
比王寶釧的寒窯更受凍。
也曾有銘心刻骨的誓語，

但夜夜舊金山沈淪在夢中。

春來榆樹染白了街坊，
風過處花繽紛像飛仙。
月出月落，唐樓屋樑結下霜痕，
抱一爐清夢，夢醒時已是黃昏。

　　　1994.5.8

　　* 香港的舊樓，沒電梯的稱「唐樓」。

石塘咀的月亮

海洋是母親，
石塘咀的月亮，
是浪子的夢中情人……

在海上漂泊，
從這一碼頭到另一港灣。
夜夜躺在甲板上數星星，
想星星也是孤兒沒有家園。
海浪搖動船舷像搖籃，
催眠曲響起兒時的夢幻。

也許，我經常不回家，
忘卻月亮的擔心和掛念。
她有太多憂鬱吧，
把圓潤的臉瘦成一半。
無論上半夜或下半夜，
她好似在哭泣，滿天星花，
就是她灑落的淚點。

我唱流浪者之歌在海上，
孤獨如同慧星一樣。
海洋是我的母親，
石塘咀是我的家，
那裡有一輪
又黃又大的月亮。

1994.5.13

石塘咀花事

----男人喜歡去的地方，
女人喜歡聽的故事。

茶蘼杜鵑開完最後一朵花蕊，
菩提樹、梧桐葉將夏蔭延伸。
今年花事已了，春雨似簾，春風無力，
百花仙子在煙雨深處沈醉。
一隻遲來的蜜蜂，顛顛癡癡，
採不到蜜，卻誤把她螫醒。

相傳石塘咀有一些韻事，
也許她是百花仙子的化身。
在江南杏花雨的小村裡，
留有她採蓮的歌聲：
「蓮子圓圓像珍珠，
飛上天空作星星。」

他們都說她是一顆明珠，
來到東方，裝點南海的夜景。

歡樂的人生，迷人的仙境，
沈埋在千盞花燈中揮霍青春。

她在風塵中化作一朵夢中花，
任五月黃梅雨將花瓣打落。
不然花開花落有誰能知道，
誰會憐惜敗花殘枝的寂寞。

石塘咀也像古老的長安街坊，
有過李娃或鶯鶯的傳奇；
她們曾有過璀璨的花色，
如今只是一則傳說，一則花事，
在好久以前，有一朵花流落街頭，
然後在此凋零。

1994.5.20

砂勞越之歌

夕陽把大地之母染紅，
熱帶風林是生命的火種。
黃澄澄蜿蜒的砂勞越河，
宛如一條舞動的金龍。

藍色的南中國海遠離戰爭，
長長的排屋編織愛情的夢。
山中有芭蕉，山竺和榴槤，
這裡只有長夏，沒有貧窮。

歌聲跟隨少年男女在傳動，
飛越過原始森林的晚風，
流動的愛流動的砂勞越河，
蜿蜒在熱帶風林中的一條金龍。

　　　　　1987 年 7 月至砂勞越，今夏
　　　　　1994年5月25日重新修改

一束小詩

----1994年5月29日，珠海書院第四十四屆文史系畢
業同學謝師宴，在宴席上，同學們為老師別上一束
小花，含有銘感師恩和無盡的芬芳。地點在香港尖
沙咀潮州城酒樓。

為您別上一束花的小詩，
儘管它會凋謝，盈掬的芳香，
卻是永遠難忘。
朵朵白玉蘭相維相繫，
象徵課堂上的傳道和成長。

盛夏滿園盛開的茉莉花，
從小我們就在弦歌中長大，
潔白，芬芳，師恩浩蕩。
勿忘我，那藍藍的小花朵，
一朵朵代表了謙卑的自我。

驪歌後，我們將各自分手，
你行你的道，我走我的路，

前程無限地展現在前頭。
祝福您，前程似錦，
祝福您，像滿天星一樣，
在天涯海角散發出生命光芒。

1994.5.30

巧手

纖纖白手像玉蘭花，
含蘊無限靈慧和巧思。

兒時在樹蔭花叢間，
採酢漿草編織花球。
鄰居小男孩，憨厚不知情趣，
只追逐夏日喧聒的蟬聲。

少年用它揭開薄紗的雲霧，
採擷虛無飄渺的星子。
心思細膩地撥弄閒愁，
化作繽紛的雨珠，跳躍的音符。

青春時懂得愛撫，
與人牽手走入幸福之門。
從此巧手幻變成千隻，
像千手觀音過海顯慧靈。

1994.6.7

髮　絲

從時光列車反照鏡中，
發現鬢髮已失去往日的光澤。
一路風塵，髮已成絲，
我知道最後的驛站就要來到。

也許一生一世有幾番風雨，
鬢髮經日月漂洗刻上標誌。
忽聞老友遽然不告而離去，
如同殞星劃空不留痕跡。

　　　1994.6.14 聞張學波教授謝世

香港一角

無論在北角或是旺角，
無論在牛頭角或是荔枝角，
只要可以落腳，
不是人潮，就是車潮。
寫字樓高高聳起，
居屋樓宇一幢幢向天空要地，
在窄隘的巖石狹縫中呼吸，
隨黑潮推進，找尋出路，
你我是魚群中的一條小魚。

廣九鐵路是深入大陸的臍帶，
地鐵是貫穿香港九龍的動脈。
一群群嬌客從啟德機場走來，
大巴小巴送你上街有採購的恐懼。
這裡有好多灣，不是淺水灣、深水灣，
而是熱鬧滾滾的灣仔、銅鑼灣、長沙灣，
那最彎彎的該是地鐵不到的土瓜灣。

世界人種在這裡展覽，
黃的、白的；黑的、黃的，
他們都把賺錢掛在嘴上。
光著背膀的是工人，
打著領帶的是商人，
手拿大哥大的是男人，
腰間跨著皮包的是女人，
他們忙碌在街上，商店、工廠、寫字樓，
從匯率、股票、期貨，到倉庫、貨櫃碼頭，
車流不息，馬達抽風機呼吼，
沸騰的市聲，沸騰的商情。

香港，世界的商城，金融貿易中心，
一座座建築像神話中的巨人。
夕陽斜照下，香港，真美，
太平山下，為你點亮千萬盞燈。

1994.6.9

大 陸 紀 遊
1994.6.22--6.29

秦淮人家

驕陽下，
梧桐樹高高擎起綠色的傘，
陽光如金熱烈揮灑，
人們騎單車在南京街道，
像熱帶魚穿梭濃陰水草間。

傍晚秦淮河畔，
微風吹彎了柳枝，
夫子廟被夜市包圍，
我來到秦淮人家，
在小兒女的歌舞聲中，
尋回六朝人的風流，
在古老的窄巷中，
尋覓古人遺留下的詩句。

　　　　　1994.6.22 日抵南京、晚餐在
　　　「秦淮人家」用餐、6.23日成詩。

雨花石

是誰在此講經，
巧舌生蓮，妙語生花，
從宇宙玄黃的時代，
凝集在一小塊石頭上，
把江南山水人情
隱藏在石質脈理中，
像天女散花，借雨點，
點染晶瑩剔透的雨花石。

昨夜我走過江南，
在秦淮河，雨花台上，落花如雨，
古老的金陵，
仍然有六朝的金粉，
十朝的風流，
多彩幻夢的雨花石，
乳白，鵝黃，瑪瑙褐，朱砂紅，
紀錄六朝的遺跡，

十朝的斑斕。

1994.6.23

揚州瘦西湖

你想在江南小溪垂釣，
釣起一川垂柳，半竿風月，
江南小村，青磚黑瓦白粉屋，
你是否能到揚州來小住？

个園平山堂窗外，
遠山隱隱與此堂平齊，
當年杜牧、姜白石教玉人吹簫，
簫聲散落成四周的花蕊，
這已是一千年前的花事。

袖珍瘦西湖，秀長綠楊柳，
橋中有橋，亭外有亭，
白塔在二十四橋間挺秀。
我想把詩句題上流水，
好讓旅客細讀，讀一段瘦西湖秀色，
忘了回去，在此長留。

　　　　　1994.6.25 遊揚州瘦西湖，6.26在南京往無錫

途中成詩。个園為揚州庭院之一的名園，其中以種竹為多，故稱个園，為明代至清遺留下來的名園。

買一段江南山水回家

「儂為您繡出江南第一山的桃花，
南風吹開寄暢園的荷柳。
秋天借取惠山龍光寺紅葉來眼前，
更添上窗外一枝雪中梅。」
買一段江南山水回家，
包融無錫女子針線情的嫵媚。

　　1994.6.26 至江蘇省無錫，在京滬鐵路車廂中，購得
　　蘇繡四季圖一盒，後遊無錫寄暢園，與江南第一山
　　——惠山毗連，在惠山寺前，有一對聯云：「大哉王
　　言山為第一泉第二，巍然廟貌祠以教孝寺教忠。」江
　　南第二泉，便在寄暢園中。

南京長江大橋

我從沒見過長江，
只在地圖中看到——
一片海棠葉上，
蜿蜒葉中的一條主脈。

從詩文中讀到你的風采，
多少詩人才子為你沈醉而輕狂：
屈原涉江，李白斷水，
白居易在江頭送別落淚，
蘇東坡祭月而隨江水東去。

而今，我登上南京長江大橋，
滔滔江水迎面撲來將我淹沒，
獵獵江風，莽莽江南。
多少英雄豪傑在此投鞭，
多少文人才士在此賦詩。

在大江滾滾洪流中，

我竟是江邊的一枝草，
一粒沙子，
忘了榮辱，也忘了生死。
長江水啊，長江水，
曾有過多少滄桑，多少興亡，
都化作一川無言的巨流，
在浩浩時空中不留痕跡。

1994.6.27

飛越華東華南

白雲蒼狗矗立在驕陽下，
皚皚猶如北極冰山。
忽而，雲煙盡散，晴空淨藍，
大地如同一幅潑墨，
平疇外有人家，人家外有山川，
河流從天外飛來，
在祖國遼闊大地上刻下記號。

連綿數百里曲折詭異的湖泊，
小島如星棋布列湖面，
那該是浙江的千島湖吧！
盤踞碧山綠疇間黃色大帶，
該是福建的大動脈閩江。
支脈分流像飛龍的圖騰，
該是從雲貴高原奔來的珠江。

萬里江山如此嫵媚，
銀翼下已掠過多少人家。

穿越時空，飛越江南，
機長報道：「飛機出海，
香港已到。」我們已飛越華東
華南，飛越人間的精華。

　　　　1994.6.29 在南京至香港機中。

江南貢院

在城南小巷，大門入口處，
嵌著一口匾額：「江南貢院」。
斑剝的門牆，
雕鏤著明清殘破的歲月。
千萬士子千里跋涉來此應考，
像夸父追日，追逐一只落日。

「在故鄉仰山書院苦讀，
山下爹娘為我辛苦一輩子，
如今家遠在千里外，
功名更是考棚外遙遠的一只畫餅。」
「一部經書，一個鹹鴨蛋，
陪伴我翻越千山，跨越千河，
最難忘嬌妻賣髮送我上京。」
「我來自西南蠻夷，
走出黑森林，爬出煤礦坑，
子曰詩云埋葬我一生。」
多少士子像鯉魚躍上龍門，

多少士子流離，客死他城。

在江南考棚徘徊，
江南貢院如今像一只落日，
橫躺在南京的城樓外，
這裡曾經委曲多少才士，折磨多少狂生，
只為一世功名，像夸父
追逐一只落日而淪落江南。

　　　註：南京秦淮河畔的「江南貢院」是明清以來，設在
　　　江南的考場，考棚中同時可以容納兩萬名考生。清代
　　　翁同龢便是這裡考中的狀元。 1994.6.28參觀江南貢
　　　院有感成此詩。

卷三/懷舊詩及其他

斷線的風箏，也有連接的一天，
陳年舊夢，也有與新夢相連。
就算是竹子開花，自行枯萎，
也有生命的輝光，悲壯的淒美。

入秋以來

暑熱已退，繁華隨秋意沉澱，
一片雲，鬆散地像棉花，
撕裂在山中，
回頭，山下的桃山，
桃花已渺，在白霧中像遠去的後程。

在心頭彷彿有一陣歌聲，
滲入些雨聲，踏著蹣跚的步履前進。
也許山後還有一座亭，
一瀑清泉等著你，
等著你去聆聽遺忘已久的天籟。

這時，你我化做一片雲，
徘徊在廬山，忘了歸程，
應和著泉聲、蒼鳩聲、風雨聲，
是入秋已來，
被蘆花佔領的心境。

1994.9.16

溪洲、永和

阿公有塊溪洲菜瓜田，
又堅又硬的質地，又硬又堅的人緣。
老了還要穿對裌衫，木拖鞋，
誰知道，招財童子進財源。
嘿，溪洲就是溪洲。

兒子天天，不會做農，
菜瓜攀藤，爬上公寓花園。
兒媳們駕著「跑天下」，
逢人便說：「東南亞都跑遍。」
嘿，溪洲就是永和。

孫子菜菜，含著一根煙，
菜瓜開黃金花，沙地阿拉伯油田。
聽說，同窗都大學畢業了，
他還在補習班想熬個狀元。
嘿，永和就是永和。

1977.9.16

詠史詩二則

一、滿城金縷衣

秦始皇暴發戶的愚昧，
在咸陽宮中呢喃。
「快給我請瑤池、扶桑的仙姑，
給我拿長生不老的藥……」
那臨潼山上有瑞氣千條，
是神仙夢的徵兆。

他們指東海深處是蓬萊，
荒唐的道士，野心的王，
讓徐福帶走五百對童男童女，
染有洗不掉黃河的標誌，
卻意外落腳在
開花不結果的櫻花島。

儘管漢武帝有雄才大略，

他那幾個可憐的弟弟，
卻異想天開，
把自己卷曲在玉的軀殼裡，
想春蠶成繭，成蛹，
然後再化作飛天的彩蝶。

如今，只留下一堆咒語和灰燼，
劉勝和竇綰的金縷、銀縷玉甲，
是愛情的褻衣，
兩千年後，仍有愚昧的野心家，
拿此褻衣向人展示。

二、武威銅馬車

昂著頭，踩著鼓吹，
一列精心鑄刻的銅馬車，
不是玩具，只知一味跟隨，
那黃金的堅貞，梟騎的英姿，
伴一個無聲無臭的靈魂安息。

想起沙塵滾滾的塞外，

飛將軍騎著大宛馬，
在此地看過落日，
只要西方有狼煙，
砂磧拋人如斷線。

烏孫公主，昭君也到過西域，
多少人唱著壯烈的出塞曲，
千面旌旗，八百個鉦鼓，
震撼白雪霏霏、狂沙滾滾的
龜茲和疏勒。

漢家使者帶回來的
是和闐的玉，琵琶的哀怨，
和葡萄的酸澀。
誰知道黃沙撲撲的漠野，
兩千年後，有一列銅馬車歸來。

1987.9.2

夜上臺北

一把箭射向高速公路
射向夜，射向神話中的童年。
遠處掛起千盞燈，
繁華的夜，在窗外，
像一隻幻變的飛碟。

兩旁金色的路燈搭起鵲橋，
不是七夕，是春夜的慶典。
流動的紅色車尾燈，
像螢火，我們在現代銀河系，
共赴春日花開的邀宴。

夜上臺北，寧靜地飛越宇宙的夜空，
他們說：臺灣是太平洋上的一條龍，
臺北的夜，燈火齊放，
我們迎向前去，
迎接二十一世紀的神話宮。

天上聖母

村子口有一座天后宮，
小時候，每當燕子呢喃，
牽著母親的衣角入宮去燒香，
真想揭開神龕中的薄紗，
看清她低垂神秘的臉。

長大後，每次經過聖母廟，
就想起她低垂羞怯的臉。
我沒下車去謁見，
卻在第一次揭開白紗時，
隱約中似乎有重見的喜悅。

那堵古老的廟牆，
擁有一爐繚繞的青煙，
抱著一個童年的秘密，
每當暮春燕子呢喃時，
我想起一張低垂帶羞的臉。

1978.8.15

卷四／短歌

與風競走，將詩句題在雲上。

短歌 (一)

在風中讀你的詩，
在雨中念你的詩，
但永遠最感人的
是在心中念你的名字。

1993.12.17

短歌（二）

春天，花香落在窗前；
秋天，月牙兒像船掛在天邊。
懷念，把花和月連成一線，
相思，把你和家連成一線。
但願，搭上月的小船，
帶著花香，
在你的夢境中靠岸。

1994.2.23

短歌（三）

沒有哀傷，也沒有哭泣，
將思念化作無盡的春雨。
像海潮騰湧，永無止息，
日日夜夜在窗前呼喚你。

也許詩人早已老去，
煉鐵成劍，採花成蜜，
在字與字之間流浪，忘了歸去，
在雨中留下一行行詩句。

1994.3.27

短歌（四）

今晚的月亮好圓，
思念像噴泉在心頭層層湧現。
歸途中，花木都摻上銀色，
往事春夢，件件與你相連。

也許月亮也來到你的窗前，
溫潤如月，嫵媚猶似飛仙。
也許相思把一夜的空間佔據，
因為今晚的月亮好圓。

1995.1.17夜（農曆12月17日）

短歌（五）

歸程枯坐像一粒禪石，
思潮澎湃卻是千里風波。
可愛的你，關懷我的身體和生活，
卻讀不出我的思路和孤獨。

天地遼闊，滄海萬壑，
那裡是知音，那首是同好的歌？
可愛的你，讀懂同步的喜悅，
理智猶如禪石，浪漫恰似風波。

1995.2.17在國光號車中

短歌（六）

也許在街頭佇立，
等待春風吹動裙裾的喜悅。
也許在長廊下等候，
等候一隻啣泥的燕子歸巢。

春天的女子，春天的等待，
等待一隻蝴蝶從花間飛來。
等待喜鵲帶來春訊與春花同開，
等待春陽呵護與春心同在。

1994.3.27

短歌（七）

「風中月，雨中人，
奔波風塵，為愛浪跡過一生。
一支筆寫情，一把劍寫義，
俠客豪情，豈是爭得一世名。」

「雪中花，夢中人，
雨花絲路，生死相許也甘心。
沙塞風雲起，天山月夜情，
無邊風月，愛夢一生只為君。」

1995.4.2

短歌（八）

重逢的喜悅，來自心靈深處，
清純的髮絲，飄動相思的情牽。
你說：「為了春天，東風溫馨如酒。」
我願是東風，醺醉你的桃紅。

也許春天真的來到我們身邊，
一行行柳葉也如癡如狂搖曳生風；
你飄然來到，帶來春天，
跨過海，越過山，用花開迎接重逢。

1995.4.6夜

卷五／抒情詩

相思花
我愛天山接明月，
明月千年照天山。
相思化作千年雪，
紛紛飄落成水仙。

相思花

我愛天山接明月，
明月千年照天山。
相思化作千年雪，
紛紛飄落成水仙。

四季

賀方宗苞、張曉雲結婚的詩

春天，也許你是一枝初開的桃花，
夏天，也許你是一朵荷花仙子。
秋天，我是一片雲，
冬天，我變成窗外的白雪皚皚。

只有愛，使桃花染上了色彩，
只有愛，使荷花結成了蓮子。
只有愛，你我秋收後，
趁著秋光，踏上一片雲，
遨遊四海。
只有愛，當冬天來臨時，
你我守住一爐爐火，
把雪花當落花，
細數童年時的歡樂，
合唱少年時的老歌。

1994.7.16

七夕情

相傳牛郎織女在七夕，
他們對秋雨溢浩，銀河漲水，
只有借鵲橋才能相會。
是喜悅，也是哀感，
化作滿天流星雨。

你我坐在圓山山頂，
看七月流星雨跌落人間，
像柳葉千絲，銀花千樹。
明天，我們也像牛郎織女，
兩地放逐，唯有無盡的相思，
懷天山明月，抱一懷淒美。

　　　　　1994.8.13 在七夕前夜。

敦 煌

我愛天山明月，我愛敦煌，
從飛天仙侶的彩衣，
衣袂飄舉舞過夢境。
多少日子，在夢中我願用笛聲追隨，
追隨你在琵琶的哀怨聲裡，
與你合奏一闋相思曲。

我愛天山明月，我愛月牙泉，
從唐代葡萄園便已結實纍纍，
纍纍的愛，纍纍沈沈的思念，
從天山明月，到沙塞、坎兒井，
以及春泉汨汨的月牙泉。

在夜裡，在秋夜，
我是天山，等待一輪明月，
千年的等候，千年的期待，
千年後才發現敦煌的秘密。
至今鳴沙山下，依然春泉汨汨，

流動在生命中的月牙泉。

1994.8.15

金池塘

我從不敢如此逼視，
雙手如此深切地奉承，
心靈如此真實地貼近，
親親，讓我清楚地看看你，
讓我輕喚你的名字，
你可曾見過：
一掬如水的月光，清澈空靈，
你可曾聽過：
一聲聲春潮騰湧，如地脈的搏動。

讓我輕撫，讓我輕吻，
像微雨散落七里香中，散發幽香，
像南風吹動柳絲，拂過金池塘。
是夢，是幻，隨地脈的躍動，
我們踩著仲夏夜的節奏，
跌進滿天飛螢的林間，
神遊在淺草地的夢鄉。

1994.8.18

無題（一）

佇立在皇后廣場中心，
等待榆花飄下春的訊息，
看東風穿越陽光而來，
蹣跚的步履，習習的裙裾，
翻過街道，來到路口。

於是彩蝶在花間輕狂，
黃鶯在濃蔭間啼叫。
儘管皇后大道上車輛如浮雲，
往來人群如過眼流星，
但我們曾在這裡守候，
留下美好的時光，難忘的腳印。

1994.8.18

無題（二）

往長洲途中，在渡輪船上，
我們飛騰，看浪與浪相激，
交互放射出真摯的花朵。

想南國的春花早開，
杜鵑、桃李，已把三月裝點，
迎接一季生命的光彩。

窗外有成群成對的海鷗，
相互傾慕，對藍天發誓，
在波心共渡短暫的歡樂。

天地蒼茫、海風蕭瑟，
我們像海鷗一樣，
藍天是家，大海是我們的搖籃。

                                    1994.8.21

黑色的鬱金香

在夢裡我見到一朵
黑色的鬱金香，
它比黑玫瑰高貴鮮豔。
彎曲的弧線，自然的雕鏤，
還陣陣散發夢般的清香。
世間再沒有一朵花，
能比它更嬌媚、更自然。

在夢裡我見到一朵
黑色的鬱金香，
它比神話中的夢境更迷惘。
相傳霧中巫山有七十二峰，
洛神在水邊還留下一束幽香，
至今人們猶在傳誦難忘。

難忘的夢境，難忘的迷惘，
像一則古老的神話，
它卻帶有現代的色彩，

一朵比玫瑰更黑的鬱金香。

1994.8.21在香港

香江月色

維多利亞海峽是浮動的床，
香江的夜拉啟薄紗的幔。
天上星群跌落在香港島上，
堆積成珍珠的屏風，鑽石的山，
從杏花村璀燦到上環。
初昇的月亮，黃暈暈的，
俯視著香港，像一粒鵝黃。

尖砂咀海傍，是情人的臂膀，
過往男女，都想在臂膀上停靠。
香江的月色，像漁人的網，
網住一夜的風月，一季的浪漫。

1994.8.22夜

一隻紅蜻蜓

一隻紅蜻蜓，
飛過金池塘，
輕輕停在荷花瓣上，
染紅了天外的夕陽。

為伊歡欣，為愛輕狂，
一朵盛夏的蓮荷，紅豔、清香。
一隻紅蜻蜓飛過了海，
飛越金池塘，染紅了夕陽。

一隻紅蜻蜓，
飛過金池塘，
為了尋找愛的故鄉，
染紅了荷花，也染紅了夕陽。

1994.8.23

紅蓮

別後的思念，
漫長像黑夜無邊。
往日春草初長，春雨織網，
網住一塘荷葉，
等待蓮荷含苞抽放。

幾次一同走過繁華街道，
幾次同看海濱的明月初上，
幾次同坐在青石板上，
守住一曲荷塘，半塘青草，
聽風聲雨聲走過我們的心頭。

別後的思念，
漫長像黑夜無邊。
泅過整個夏季，
我才發現你是我心中
一朵盛開的紅蓮。

　　　　　1994.8.26上午

江河水

思念總在離別之後，
迷惘寫在臉上，
傷情記在心頭。

最難忘伊人的眼角眉梢，
雖沒有刻上任何字樣，
卻浮現江河水、日月情。

最難忘兩情相牽，
並肩坐在麗晶酒樓大廳前，
看隔海夜色，華燈初上。

最難忘柳絲拂臉，
桃紅初泛江南岸，
看一輪明月上天山。

傷情總在離別之後，
思念恰似江河水、

日月情，淹沒心頭。

1994.8.28

東方明珠

樂隊奏起南海的夜曲，
夏夜掛起青色的帷幔。
你是一朵紅紅的太陽花，
明眸皓齒、熱情奔放。
我們同遊維多利亞海峽，
搭銀河系的船飛向太空，
你是我香港的東方明珠，夢裡的太陽。

搜神記中有一座愛情島，
用紫水晶砌起來的群玉山。
你是島上的一隻彩鳳凰，
迎風飄舉，衣帶斑斕。
四周銀河系的燈光璀璨，
我們搭眾仙國的船奔往太清，
你是我夏日的太陽花，夢裡的彩鳳凰。

1994.9.3

那天下午

那天下午，
南風醉了，在森林裡翻弄樹葉。
有兩隻翹起尾巴的獾，
從樹上追逐果栗，
歡天喜地的滾到草地，
他們在追逐一個歡樂的夏季。

那天下午，
南風很輕，白雲醉了，
森林綠的像流動的河。
有兩隻喜鵲，鼓動翅膀，
他們好似在河裡沐浴，
濺起的水花，像銀鈴，
飄落在草地，變成燦爛的花蕊。

那天下午，
草上鋪滿紅紅的錦繡，
南風醉了，白雲也醉了，

我們忘不了，
森林裡流動的愛，
流動的那一片綠……

1994.9.7

八月，我等月亮來

黃昏，太白星在天邊等候，
等候伊跨過深院，來到窗口。
為了愛，在碧空畫下誓言，
太白星是圓心，
新月便是一道銀色的弧線。

潮來是什麼時候？
月圓便是喜悅和團聚的來到。
七夕前，在淡水海濱廝守，
在圓山山頂許下諾言。
相傳伊是崑崙山上的一塊白玉，
八月滿潮時，月亮照在窗口。

八月，我等月亮來，
在窗口、在陽臺、在海上、在海外，
是新月，是滿月抑是下弦，
月亮像伊的臉，潔淨、勻亮，

只有在夢裡出現的伊最圓。

　　　　　1994.9.10（今年中秋在9月20日）

火鳳凰

風在吹，火在燒，
鴛鴦、蝴蝶、劍，
天山、明月、刀。
你是俠女，我願是俠客，
共圓一個夢，一個江湖。

朋友們稱你是天山明月，
我願是天山，迎接明月。
在蒼茫人海間，
共圓一個愛，一個夢境。

風在吹，火在燒，
古老的神話，有一對玄鳥，
他們比翼在沙磧間，
穿過冰雪，穿過火炎，
為了夢，為了愛，築巢在崑崙山頂，
化作一對浴火的鳳凰。

　　　　　　1994.9.20 中秋夜

春潮

儘管是晚秋，落葉季節，
思念像春潮暗生……
來自遠方的訊息，
隨著風，帶著雨，
無聲無息台階上長滿了苔痕。

在深夜，在夢裡，
思念像牽牛花爬上心頭。
早春在荃灣留下不少往事
一件件都閃耀著結成花蕊，
心跳的日子，像春潮淹沒了思維。

在鯉魚門的黃昏，晚霞似錦，
在長洲的歸程，心如此貼近，
在大嶼山的佛前許願，
在西貢海濱與你同行……
黃昏，思念隨春潮暗生，

淹沒了斗室，淹沒晚秋的夜景。

1994.9.22夜

與你同行

跟你一同走過漫長的歲月，
用詩歌紀錄你我的心跡。
窗外夜已殘，月已西沈，
午夜夢回，逝去的往事，
佔據心頭卻是一片淒迷。

幾次在夢中與你相會，
讓我再仔細看看你，
別後的懷念，別後的淚痕，
是否留存在荷葉杯中，
如今秋已深，最怕是花葉凋零。

多少日子，與你同行，
盼望心中的那口水蓮塘，
只有春和夏，沒有秋冬。
今夜夢醒時，
往事都結成了蓮子，

蓮蓬裡一顆顆都是甜美的回憶。

1994.9.27

候鳥

不是追風逐月的日子，
只是追尋一季溫暖，一扇陽光。
鼓動翅膀，飛在雲上，
霜風折翼的大地遠了，
草暖花香就在眼前。

於是——
水湄草息有繽紛的愛，
寧靜的夜氣飄來陣陣清香。
縈繞在情人們的絮語中，
迎著風，一對對噴火的候鳥，
在七里香、茉莉香的指引下，
築巢在桃花源，是一生一世的願望。

1994.9.30夜

生老病死愛

破曉時分，
有一個生命撕裂障礙，
在血跡斑斑中誕生。

一張皺了的紙，一本翻破的書，
不斷重複講述一件古老的故事。

悲哀的是一只瓷瓶破裂了，
任你怎樣修補，仍然有裂縫。
只要有一線希望，決不輕易放棄。

莊嚴的時刻已來到，
眾神排列兩旁，唱著聖歌，
宇宙又回到原頭，
迎接一個流浪的靈魂回家。

為了愛，使血跡斑斑的生命，
鍍上繽紛的色彩。

儘管是一則古老的故事，
有了愛，變成可愛的童話在流傳。

破了的瓷瓶，也有成古董的時刻，
任考古家去推算它光華的年代。
浪子回家，又有新浪子去流浪。
只要有愛，人間的生、老、病、死，
可以用淚水沖掉它的悲哀。

1994.10.1 在宜蘭病中

草原情

與你重逢在深秋草原上，
以蒼天為屋宇，
以大地為床褥，
今生今世，難忘這份情誼。

如同武陵人刺船入林，
桃花水指引他尋找迷津。
此時，山勢豁然洞開，
重逢的喜悅，人間的至愛，
星露從杜鵑林中滴落，
草香從大王椰林襲來……。

夜風有訴不盡的思慕，
草葉染紅了大地的衣帶。
與你重逢在深秋的草原上，
枯枝落葉也有沁人的幽香，
永生永世，難忘這份深情款款，

這份清秋草野的恩愛。

1994.10.2夜

烙印（一）

用內心炙熱的火，
在你身上烙下記號，
鮮明的痕跡，
難忘的記憶，
一抹永難塗掉的愛的圖騰。

1994.10.13

烙印（二）

相思雨，滿淚痕，
一記記瀰落結成了苔青。
長春藤，一條心，
纏綿錯結是一句不變的叮嚀。

我要用真心炙熱的情，
在你身上烙下青青的圖騰。
鮮明的痕跡、不變的恆星，
一記記難以磨滅的烙印。

1994.10.13

紗帽山風情四則

山貌

是誰棄置的一頂紗帽，
已千萬年了，沒有人來認領。
讓她覆蓋在陽明山前，
任由春風秋雨吹打，
帽沿帽頂都長草生根。
偶爾山外飄來一片雲，
風情千種，浪漫神秘，
吸引多少來此朝聖的情人。

山容

一條單一的弧形
山稜均勻像常態分配線，
有時又像頑皮的小孩，

蹺起兩片鼓鼓的屁股，
朝向天空。
面對她，擁抱她，
像在熱戀中的情侶，
兩個微隆的弧線橫在胸前，
跳動的地泉，蒸氣的地熱，
一股暖流從身內逸出的體香。

山情

我呼喚山，
山不過來，
那我便要走進去。

山神啊，請你打開雙臂，
我願跟你融和成一體。
誰願意分離？
分離也會黯然落淚。
你說：「你所要的，
都是別人的。」
其實，你把握他，

他便是屬於你。

山境

紗帽山，風雨情，
秋日午後，裹上重重神秘。
多少歲月從山前走過，
綠了山輪，卻瘦了蘆葦。

我願和你長相廝守，
將我心化為你心，
聆聽你的呼吸，你的脈律。
這時，宇宙又回到太初，回到原始，
在山霧中，留下一片寧靜，
在白紗中，擁抱永恆。

1994.10.15

故宮之夜

深鎖幾千年的秘密，
面對它何時才能解讀謎底？
殷墟的甲骨，朱砂的刀痕，
鐫刻著田獵時的愛戀，
兩情相許的追逐，刻下永恆。
周代的鐘鼎彝器，
口口聲聲發自深沈的誓語：
「世世永寶用」，恩情不變。
三彩陶馬雄渾的氣勢，
有大唐胡漢的開放和風流，
龍媒，照夜白，或許是愛妃的標誌。
清宮遺留下一件件玩物，
是玉的溫潤，愛的堅貞，
每一件都隱藏著千古的秘密。

當故宮廣場上燈光亮起，
故宮大門深鎖歷史的珍聞。
現代情侶來此探測、朝聖，

愛情是神秘的甜蜜，古今如一，
浪漫卻是不告訴別人，
只與愛人分享的機密。
沒有月色，只有星光，
寧靜的夜，點燃火苗，
從手與手、眼與眼傳遞訊息。
於是，生命的噴泉，喜悅的夜氣，
飛騰在花與葉、葉與樹之間，
擴散成芬芳的故宮之夜，
難忘的秋夜，難得的聚首，
在你我共同擁有：勿忘我，
古典的風情，現代的溫馨。

　　　　　　　　　1994.10.17

舊金山之歌

遙遠的舊金山，
心中的桃花源，

神仙眷侶的故事遙不可及，
西王母的桃園桃色依然。
你我追逐世間的至真至愛，
為何如此淒美，如此眷戀？

在一座小小古堡城樓裡，
訴說著天方夜譚的神秘。
這裡沒有凋零的落木、冰雪，
只有花開鶯啼的繁華、浪漫。

一支一剪梅，一曲小夜曲，
噴泉似的從心底汩汩流出，
沾上幾瓣桃花，踏著幾分月色，
遙遠的舊金山，心中的桃花源，

而且美麗如斯，美麗如斯！

1994.10.20

登太平山

一幢幢大廈環抱著太平山，
香港的夜像春花開放的夢境。
流動的車燈，飛動的流螢，
入夜後，太平山像酣睡中的巨人。

從軋軋的纜車登山，
窗外大樓往後傾斜像地震。
我們乘搭幽浮幻遊太空，
就在今夜，星星全閃亮在腳底。

這畢竟是夢幻的人間仙境，
擁抱你彷彿擁抱久別的情人。
我們攜手走過銀河系，
小心別踩到警幻仙子的陷阱。

海風從千里外海上吹來，
遠處九龍沙田連結成燈的長城。
在雲靄深處是綿延不盡的大陸，

深邃的愛是綿延不盡的星雲。

1994.10.22夜登香港太平山

一條永遠流動的河流

為何相聚的時光短，
而分離的時光特別長久？
彌漫的芬芳，匯成一條流動的河流，
懷人的小野菊，是孤獨的滋味。
自從你離開後，
風在哭泣，山也在哭泣，
我走過原野，連太陽也在哭泣。

你走後留下的身影，縈繞在我周圍，
那是你站過的窗口，坐過的位置，
你來過的庭院，走過的小路，
還留下歡聚時的風情和笑語。

我在追尋美好時光，歡聚的樂趣，
一叢叢小野菊散發著襲人的香氣，
它像一條永遠流動的河流，
青青草葉，芳香撲鼻。
自從你離開後，

風在哭泣，山也在哭泣，
我走過原野，連太陽也在哭泣。

　　　　　　　　　1994.10.25

許留山甜品

一盒小小水果甜品，
跟你分享夏日甜美的回憶。

也許我們再年輕些
同你走過青青的草莓田，
採擷一粒粒紅紅的夏日；
也許來到清清的小溪坡，
抱起一顆渾圓的果實；
然後在黃昏前到窗口招呼你，
一起到路邊去採芒果⋯⋯

一盒綜合甜品的聯想，
跟你分享一季盛夏的歡樂，
暑假來了，也許我們就要分手。
會帳時，老闆娘卻說：
「小姐，下次再跟你先生一起光臨！」
她的話像甜品一樣，直甜到心底。

1994.11.1
許留山為香港冰果甜品連鎖店。

一串格格的愛

一串古色古香如意腰飾，
是格格送給情人的貼心信物。
六種不同款式的珠玉，
宛如世世永續不變的姻緣。

那一顆圓潤的紫晶石，
獻上至真無邪的慕情，
像藍天無底、滄海無涯的愛，
願生生世世以生死相許相隨。
一顆桃紅的社鼓遲遲，
象徵東風催醒大地的春意。
黃澄澄明珠維繫著至誠的心，
垂結一粒淺藍色是你的生日石。

儘管雪花紛飛，地心永遠滾熱，
儘管海天分隔，雷電靈犀相繫。
一串格格的如意腰飾，

是埋藏心底很久很久的秘密。

1994.11.8

奇異的淡水

奇異的淡水，
奇異的黃昏，
堆積黃金色的雲朵，
宛如三月木棉花燃燒半個暮春。

瞬間，
燒紅半天的晚霞，
頓成鋼鐵融液，
凝固海上，塑造海天一線情。

暮色加深，
觀音山像一尊仙女，
俯首在淡水溪頭沐髮，
陣陣髮香隨晚潮湧到，
一波波隨風送上心頭。

幾次凝視你深情款款，
驚異綺麗的夜如同淡水黃昏。

於是燈火縈繞在我們周圍，
美好夜色的來臨，
為有情人點亮心中的每一盞彩燈。

1994.11.14

水仙花之夜

花也芬芳，夜也芬芳，
濃濃的水仙，濃濃的花香。

輕撫你的臉頰髮梢，
像三月的柳絲輕拂湖岸，
絲的光滑，綢的柔軟。
白色的花瓣，白色的花環，
凝視你的眼角眉梢，
帶笑的花朵，透露早春的暖黃。

溫馨的愛，纏綿的夜，
是一曲仙女吉賽兒芭蕾，
優美的旋律像陽春沒有盡頭。
擁抱一叢白色的水仙，
擁抱一段彩夢的情關，
跟你共渡一夜的芬芳，
夢也綺麗，夜也燦爛。

1994.11.17

二十世紀之戀

清早一群鴿子飛越臺北天空，
黃昏一群鴛鴦棲息九龍公園。
二十世紀點燃和平的燈，
愛的播種，延伸到新的世紀。

有一種秘密，
只有三六九電腦密碼才能解讀，
李耳的小國寡民，
是陶淵明閒情賦裡的桃源；
小小月考，是個暗號，
怕怕，便成為一句流行的口頭禪。

沒有人知道紅蜻蜓，
是草原的懷念；
一朵紅蓮，開在莽莽長夏，
是江南的驚豔。
秋風中孤獨的小野菊，
一夜間幻化成春夜裡的水仙。

每當月亮東昇，
有一首歌傳動在心頭，
儘管明月在天，明月在地，
都是相思，
只有明月在懷，
才是夢圓的時候。

二十世紀末是和平的年代，
人們唾棄戰爭，歌頌人間的至愛。
假使鴿子都變成鴛鴦，
新世紀的來臨，
將是玉琵琶，雨花絲路，
重現敦煌飛天仙侶的嫵媚。

1994.12.1

呼喚

從心靈深處呼喚你，
你聽到嗎？
從波心觸動脈律呼喚你，
你知道嗎？
像細流潺潺流出山谷，
像海潮澎湃，難以壓抑。

請你將右手放在左胸口上，
一陣陣砰然的心動傳來情意。
也許你聽到一灣清流流過山澗，
也許你感到一股洪濤湧上礁石，
潺潺的清音重複著你的名字，
轟然的巨響呼喚著愛若愛若。

昨夜秋雨，鬱積滿塘相思，
偶爾從聽筒中傳來格格的笑語，
頓時瀉洪道開閘，萬馬奔騰，
像在三峽疊嶂中，大聲呼喚你，

使千山回響，萬山呼應，
愛若，愛若，愛若……

天地蘊藏無盡的深情，
火山爆發時才知道絢麗，
每當分手剎那，讓我大聲呼喚你，
像山濤，像海嘯，難以壓抑，
句句從心底呼喚你，
愛若，愛若，永無止息！

1994.12.8

雲海七星

五彩銀河匯集的雲海，
浮動著七顆閃亮的星群。
好美的季節，好美的良夜，
使我想起遙遠的牛郎織女，
選擇初秋，在七夕相會。

沒有人知道是誰設計的佳節，
聰明的，告訴我，它代表甚麼意義？
好美的季節，好美的良夜，
愛是一種無形的語言，
在星星的指引下，擁抱想念的人。

1994.12.16生日作

賀年卡

在聖誕紅上題詩，
在雪花白上寄相思，
有一份摯情的狂熱，
又有一份孤獨的淒美，
即使輕如一張紙卡，
你我之間卻搭起橋樑。
在灰濛濛的天空下，
北風蕭瑟，天地蒼涼。

年像一隻饕餮，貪婪的怪獸，
吞噬著歲月和青春。
只有在歲暮獻上真情和關懷，
互道平安與祝福。
在孤寂的燈下思念你，
將寂寞和思念融合在
聖誕花、雪中紅中寄給你，
邀你共同打退年的怪獸，
和你攜手渡過艱辛的寒冬，

迎接開春的桃花和陽光。

1994.12.27

急曲子‧大草原

午後揚鞭，
與你並駕奔馳大草原。

白雲輕，藍天明，
侶馬穿風，驚起蚱蜢飛，
猶似琵琶輪撥動邊聲。
　　　　箏琮，箏琮，響不停。

青驄馬，君愛卿，
草從蹄下仰後，
風從腋邊橫生。
　　　　呵唷，呵唷，喚不停。

放馬大澤中，
仰臥草原情，
人間富貴神仙都不如，
看浮雲蒼狗，如幻，如真，
　　　　親親，親親，響自心靈。

黃昏，一輪紅日落草堆，
橙黃，嫣紅，瑪瑙褐，藍水晶，
天空幻變如同調色盤，
直到滿天星花淹沒草原情，
　　唧唧，唧唧，四邊蟲鳴。

1995.1.1

新年

滔滔時序，滾滾市潮，
千歲萬載日月刻上新的符號，
可比千年古柏萬年椿，
任憑風吹雨襲，枝葉常新，
枝幹上記下風雨的年輪。

歲月流水意，詩意海山情，
可比江南梅嶺花開迎早春。
年華雖老去，詩心不凋，
可比深山果嶺一粒棗，
棗皮皺，棗肉依然好。

埔里甘蔗熬霜又逢冬，
可比情愛首尾兩頭甜。
又見抽穗開花幽香的報歲蘭，
但願和你共詠一曲《蘭花草》，
遙寄相思，迎接新年。

1995.1.22

你說

愛情是真實的神話，
千萬代流傳的迷信。

青春寫在生命的扉頁，
相思是最動人的詩篇。

誓言許在感動之時，
一瞬的真，代表永恆的承諾。

分別時依依，淚眼迷矇，
但在記憶中，卻永遠清楚。

1995.1.23

雙重的祝福

在北方是雪花飄瑞的日子，
在南方是桃花搖紅的日子，
你是屬於春天的季節，
在第一次月圓的夜裡，
在千樹煙花，萬家燈節時，
迎接你的來臨和誕生。

在心中為你唱一首歌，
在心中為你點燃一支蠟燭。
我有一些話要向你慶賀，
在西方是玫瑰花堆積的日子，
在東方是桃花璀燦的日子，
是情人節，又是元宵燈夜，
雙重的喜悅，雙重的祝福。

　　　　1995.2.14元宵節

我有一片藍天

如果我有一片藍天，
希望能搭上白雲，與你同在。
從臺北飛翔，到花蓮臺東，
看碧綠的太平洋，深情的海。

然後任風吹送到墾丁屏東，
感受熱浪如炙的太陽風；
只要有你，新竹風城，臺中四季，
都趕上春天，與春同宿。

我願搭上一片白雲，與你同遊，
到香港，來江南，上西湖，遊敦煌。
看春天的手指，怎樣把桃花染紅，
將塞上長城黃河點化成蒼龍。

如果沒有你，一切都失去光澤，
白雲就成了烏雲，一路哭泣。
從冰封的寒冬到淒冷的春，

向大地訴說無盡的思念和愛慕。

　　1995.2.17從臺中到臺北國光號車中。

歸途

儘管窗外有綠色的樹，
蒼翠的山，連綿無盡的嵐霧，
單一的輪動，陌生的風景，
歸途中孤寂如同漂泊的雲。

儘管后里過了，竹東、楊梅也過了，
地名拋在車後如同腳印，
歸程遙遠，家依然遙遠，
遙遠如同劃破天空失軌的流星。

甚麼叫做漂泊，其麼叫做人生？
甚麼才是家，甚麼才算歸程？
我只是銀河系中一顆星子，
短暫的棲息，明日又將浪跡天涯！

　　　　　　　1995.2.19在歸途車中

春天的落木

苦守一片青天，
追憶繁華往日，
甘心作春天的落木，
一枝攀藤的使君子，
孤獨猶如沈思的詩人。

儘管春天彩筆，點染群芳的殷紅，
一串紅一串串懸掛東風。
海棠花怒放，如狂如癡，
櫻花時節過了，
杜鵑卻仍然遍燃街道和山中。

東風吹不醒使君子的寂寞，
冬天結下小寶貝的果實早已飄落。
它甘心作春天的落木，
苦守一叢枯枝，刺向天空，
孤獨猶如被遺忘的禪木。

1995.3.24

迎春檔案

沒有開始，
也沒有結束……

芬芳的季節，繽紛的色彩，
從春雨中灌注愛的世界。
短歌輕吟，東風輕吹，
櫻花紅了枝頭，桃花結滿花蕊，
櫻紅、桃紅迎接沈醉的東風。

這是毛毛和豆豆的檔案，
他們像一對童稚的小玉人，
天真無邪地相對擁抱，
在芬芳的季節，繽紛的色彩，
寫下圓山的流星雨，雙溪的情人石。

難忘的日子，春雨如舊，
像昔日武陵人，深入桃源。
在午後的港灣，黃昏的淡水，

同享落日的溫馨和燦爛，
直到新月初上，星花滿天。

今年又是一年的春天，
三月桃花、櫻花、杜鵑盛開，
繽紛的季節、綺麗的色彩，
渲染濃情詩意的畫面，
用我們的筆畫下許多圈圈。

愛就是緣，愛就是圓，
周而復始，直到永遠。

1995.3.17

詩歌是我們的孩子

藍天為幄帷，大地為家園，
在原野裡築起一個灶，
情感是燃燒的野火，
掩上泥巴煨烤一窩蕃薯。
詩歌是我們的孩子，
一顆顆粗糙拙撲的外表，
卻是香甜淳美結晶。

我們有一懷奇異的夢，
付出真愛和關懷，
雖然一粒粒是奇特的雞子，
是盤古開天闢地的神話，
一萬八千年後，
孵出恐龍、金麒麟、火鳳凰。
詩歌是我們的孩子，
延續著綺麗的生命，
展現著繽紛的憧憬。

我們雖一無所有，卻十分富足，
我們只有一把筆，一個願望。
像桃花、櫻花璀璨一季，
像木棉花、荷花，點燃晚春和長夏，
就是秋冬，也依然結實纍纍。
詩歌是我們的孩子，
紀錄著愛，美的歷程。

來自天山明月，來自江南紅蓮，
來自東方明珠，來自臺灣紅薯，
在心中總有一把火，
傳動著原始奔放的歌……。

1995.4.10

憶　往

記得去年初夏，青石階前小坐，
黃色羅衫子，紅色花羅裙，
眉黛恰似水柳葉模樣，
心中猶如相思林初結紅豆。

往事如夢幻，猶憶並立船舷，
仙樂飄渺彷彿雲中生，夢中來，
歌女奏著笙歌，玉女獻上花環，
綺麗初夏，難忘雨山前的一段情緣。

1995.4.26

解語花和忘憂草

不知甚麼是浪漫，甚麼是愛，
只有你在，春天蝴蝶飛來，
桃花，櫻花，荼蘼，蓮花展現色彩，
殷紅，乳白，豆蔻丹，柳眉黛。……
像是上林苑花季，雲夢澤上黃鶯來。
忘了你走後，秋日的孤獨，
守一季寂寞，抱一樹枝枒過冬。

如今街頭巷口，麗日和風，
九重葛伸出牆頭告訴你初夏，
石榴花開在羅裙上，
木棉花燃燒在心頭。
花色的交織，燃燒的秘密，
浪漫和愛，需要一段隔離的等待。
南風編著情意，沈思化作詩語，
一頁頁，一聲聲，傳送到海外。

我在尋找一種四季常開的花，

尋找一種草，常年不老不凋，
但願是枕邊的解語花，藍藍滄海，
但願是懷中的忘憂草，青青山脈，
浪潮打上礁石，風雨訴說不盡的愛，
像海的延伸，山的纏綿，
當四季走過，留下繽紛的情韻和風采。

1995.4.28

舊時裳

積壓千年萬載的化石，
再度啟開風骨凜然的挺秀與光澤。
多少斑斕的歲月，繁華的記憶，
從陳舊的箱底翻出，
刻著初春的嬌媚，梅雨的斑剝。
有一種衝動，又有一種淒美，
穿上它，再次回到從前，
流行於古老，好久好久以前，
就像不老的蒼天，變幻的雲裳，
也有一股喜悅，喚回昔日的伴侶和愛。

你也曾經光澤鮮麗過一時，
你也曾經被寵愛關注過一季，
紀錄著青春的圖騰，夏日的璀燦。
像開在午夜的曇花，
幻化、鮮豔、清香，到凋謝，
終究在無盡的光流中沈沒，
一層層溶漿，一堆堆黃土覆蓋，

將它壓積成僵硬的化石。
但它也曾經有過生命的光輝，
在記憶深處埋藏已久的最愛。

1995.5.3

星星的故鄉

一排棗樹守在門前，
每當棗子成熟，棗葉也凋零。
秋天的夜，搬一把小凳子，
坐在樹下對星星唱歌，
童年的故鄉，星子好低好近，
隨〈長城謠〉〈踏雪尋梅〉，
一夜間，星花都掛在樹上，
滿樹星光，像是天使的眼睛。

也是秋天的夜晚，
記得那一年來到金門，
故鄉就在對岸，一樣滿天星星。
回浯江中心的路上，
踏著海的節拍，那晚風很輕，
「昨夜我夢江南」，棗樹花開，
彷彿聽到星子們在唱歌，
好親好近，像是伊人的眼睛。

1995.5.19

你知道嗎？

「你有一句口頭禪，
『你知道嗎？』」
「天上掉下來的雨露，
要好好珍惜；
地上長出來的花木，
要好好愛護。」

「請跟我來，讓我告訴你：
此地有好山好水，
好風好月，我們怎能忘記？」
「這晴朗的日子，美好的歲月，
你能忘掉嗎？當我們在一起，
如同擁有整個世界。」

1995.6.8

紅河谷和銀河槎

在人間泛舟，難忘朵朵的銀花，
在銀河乘槎，拜訪瓊樓的仙家……。

紅河谷湍急，像激情的水流，
淹沒河岸，在礁石上開出紅色的石榴。
我們在紅蕃區泛舟，橡皮艇鼓鼓，
騎上它，渡險灘，舉櫂挺進，
是快感，是美感，兩岸楓林玉樹，
紅河水泛紅，夕陽下激起綺麗的夢。
在岸邊灘頭，有白石，有炊煙，
搭個帳蓬，在白雲下搭個青草的家，
有夢、有愛，像紅河谷裡的紅人，
激情的紅河，唱著青春的歌。

從端午到七夕，天上鑿出一條河，
乘槎撐篙，和你同遊藍天深處的山水，
用星子鋪成的河，連綴浪漫無盡的風景，
遠處是天狼村落，或是海王城鎮，

閃爍的銀河，滾滾的光流，忘了自我，
逆流而上，永遠像夢，遊歷水晶宮。
我細數銀河，像春水，像春潮，
浮遊碧波，像羽化的天鵝。
在千萬鑽石的碧空，做了瓊樓的嬌客，
難忘的銀河槎，今生今世夢裡的仙家。

1995.6.9.晨

山水游仙十四行詩

像蝴蝶翻飛草葉花間，
像南風穿越山水林園。
在江南的一棵榕樹下，
守候天外落日的圓。

你我訴說著童年故事，
彷彿我們又回到天真的歲月。
等待夏日第一聲蟬鳴的欣喜，
掛在榕樹上，兩腳懸蕩的仙。

共飲一杯冰水，共啜一掬山泉，
共撐一把洋傘，共擁一片晴天。
許多豔夏織成的綺夢，
夢中有山有水，山水中有鶯有燕。

像陶淵明在南窗下讀山海經，
夢裡隨南風拜訪山山水水，神神仙仙。

　　　　　　　　　1995.6.16.下午

讀詩經

黃河孕育的草果花子，
來到長江譜成南音的情濃。
漢人浪跡黃土高原，紀錄下的歌，
花開花謝，是一生的最愛和最痛。

日出日落，杵歌響起豳風七月的收穫，
迎親路上，鼓吹吹響二月的桃紅。
黃昏夜裡，有誰傾聽浪子棄婦的心曲，
關山月野，有征夫戍客悲歎命運的坎坷。

朝中君臣們依然在和熙殿中唱著鹿鳴，
杯觥交錯中，祭拜祖先賜給他們的福澤。
桑間濮上，有人約會在淇水桑中，
關西大漢，秦腔腰鼓是最撩人的火。

真情薰醉人，永遠像酒、像風，
鳥獸草木蟲魚，象徵著各項情種。
洙泗河上傳誦最古老的歌，

至今依然迴響在人們的心中。

1995.6.17.

再讀詩經

—春日遲遲，采蘩祁祁，
　女心傷悲，殆及公子同歸。
　　　　　　—豳風·七月

你走後，五月石榴紅，
你回到古典的中國。
在大紅牆外，青石小道敲出跫音，
只有大門口兩隻蟄伏的石獅子，
還能聽到你的心聲。
在歲月的長河裡，
你曾年輕，像桃夭中的新娘。

你走後，七夕星淚如雨，
你又回到銀河楊柳的小居。
滄海無涯，西風吹亂無盡的草原，
草原青青，蘊藏著無盡的離情。
那一夜，我獨自徘徊在銀河口，
渡頭長滿蘆花，花白如鬚，
我吹弄蘆笛，像蒹葭中的少年。

讀豳風七月，在有霧的早晨，
那些情景，那些句子怎能忘記：
「春日遲遲，采蘩祁祁，…」
我曾想把夏日的鳳凰花，
裁成衣裳送給你，不再分離；
我曾想把秋天的楓葉染紅，
做成貼紙寄給你，不再相思，
但每次，想你，……
我怎能捕捉逃飛的蝶翼？
也難以捕捉長逝的輕風。
就如同追不回那年一個有霧的早晨。

1995.6.22.

雙溪公園

有人在池邊餵魚留下深情，
有人在亭欄處看一對白鵝戲水；
有人拉著手走過雙溪公園，
有人在樹蔭下坐沈整個黃昏。
偶爾一陣清風過處，
吹落幾片花葉，幾聲鳥聲。

公園的花樹製造萬種風情，
迴廊上卻沒留下任何痕跡。
人們總愛把愛珍藏在花葉間，
孤獨時，讓蝴蝶和蜜蜂細細清點，
風過處，偶爾有些秘密被翻落，
在花瓣與樹葉間，紀錄著許多甜蜜。

1995.6.23

卷六/朗誦詩

詩歌朗誦是聲音的雕刻，
隨著聲音的出版，
將情意傳遞給愛好詩歌的人。
從細流詩社到噴泉詩社，
其間多少歲月，〈夸父追日〉和〈兩岸〉，
是我和噴泉同學合作的朗誦稿，
〈夸父追日〉是描寫人類追逐理想的願望，
而〈兩岸〉卻是寫實的詩。

夸父追日

楔子

夸父與日逐走，入日，渴欲得飲，
飲于河渭，河渭不足，北飲大澤，
未至，道渴而死，棄其杖，化為鄧林。

（一）

（好熱，好熱，好熱啊!）

焦黃的太陽高懸在天邊，
像一面鑼在西方燃燒。
刺眼的天空沒有一片雲，
大漠上沒有一株草，一棵樹，
只有風和沙，
在頭頂呼嘯。

（一步步，一步步……）

無邊的大地，
地平線遙遠地橫在心頭，
遙遠啊!眼睛難以觸及的邊緣，
是一輪遙不可及的太陽，
怎樣越也越不過地攔在眼前。

（二）

鼓聲在心中響起，
催促夸父向前，
一跨步，越過一條大河，
一個筋斗，翻過一座山頭。
眼睛裏迤邐的赤熱火球，
每天都自夢魘的谷底昇起。

夸父追日，
好愚昧的人類，
太陽在東，太陽在西
怎麼趕得上呢？
關外草原莽莽，狂風蕭蕭，
數不盡的峰峰嶺嶺，

陡峭的絕壁連禿鷹也歇不下來。
東君乘著雲龍車駕，
從暘谷巡視到悲泉，
抓住他，
衝斷天地間那條皺痕，
便可握住無限的光芒。

（三）

日日夸父自亙古的黑暗走來，
披著一身玄衣。
走向充滿熱力的太陽，
騰躍，飛撲，
一陣崩天裂地的巨響。
追啊，那遙不可測的距離是
漸漸渴死的色彩，
追逐啊，那輪永遠耀眼的太陽。

一隻手自喉頭伸出，
掌心寫著「水」；
兩隻手自喉頭伸出，
依然寫著「水」；

三隻手自喉頭伸出——
還是水、水、水，
太陽緩緩走進虞淵，
走進夸父灼痛的眼眉，
走進夸父焦乾胸背，
走進夸父沸騰的骨血，
走進歷史恆長的追逐。

（四）

尋找長河落日，
像稻穗尋找金黃色的風，
花朵尋找釀蜜的蝴蝶，
英雄尋找無盡的挑戰。
（我口渴，給我一口水）
一口吞盡，
河渭的萬古洪荒，
千年磅礴的豪興。

瞬間化成焦乾疲憊的身軀，
當你乾嘴角最後一滴淚。
黃河不再澎湃，

渭水不再嫵媚，
四野哀鴻寂寂。
夸父，而你沙漠的旱季不長，
像你奔赴大澤的遠路，
自遠方悠悠傳來，
一陣清涼的歌聲，一帖藥，
放在焦熱的傷口，
撫平創痛。
站起來，跌倒，
再站起來。
在一個新釀的黎明，
猛開雙手，
以虎躍的姿態，
一頭撲去，
化為滿天飛舞的桃花。

夸父已死，
殷殷的桃樹覆在焦黃的大地上，
千年傳說，
一輪遠去的太陽，
夸父纍纍的腳印，
傳說千年，流傳至今……

兩　岸

一、序曲

這是一道海峽，
分隔了兩岸的人民，
我們自豪是「無產人民」，
他們指責我們是「藍螞蟻」，
　　　　　　　「藍螞蟻」。
我們是躲避紅禍的人，
在臺灣，我們建立了經濟奇蹟，
成為亞洲四條龍的一條飛龍。
但是，
我們都是中國人，
四十年的戰火，四十年的分隔，
如今由於人道的感召，
啟開了探親的熱潮，
這不是一股浪漫的親情會，

這是一項嚴肅的旅程。

二、春天裡的冬天──臺北的妻

三月的杜鵑啼著不如歸去，
「聽說你要遠行？」
「也許。」
「你，真的要探親？」
「那邊，不知道變得怎麼樣？」
四十年的驚懼　一夕成真，
夜裏從噩夢中醒來，
竟抓不住你要離去的背影。
爸爸說：
「高粱肥大豆香　長在我們的家鄉，
那兒有
比觀音山還高的長白山，
比淡水河還長的松花江，
而且　還有個大媽在那裏。」
床底那口陳舊的箱子，
你日夜念著　懸著，
一件毛衣　從東北到臺北，

一張船票，從臺灣回松江。
還有　滿滿的
四十年鄉愁，在箱底，
歲月　刻下了皺紋，
思念　催生了白髮。
難道——
三月的春，竟不如你的故鄉美？
探親的夢，竟有實現的一天。
「我不信，什麼開放政策嘛！」
「走了，我們怎麼辦？」
（如果不回來，我們怎麼辦）
那年，他們說：
外省仔進來了，
那邊被搶去了。
三月的你，一身草綠，
映著四十年的回憶，
兩手撐起十年甘藷的歲月，
雙腳磨過十年碎石的道路。
十年，狂熱的年輕，（落地生根）
十年，滄桑的奮鬥，（開花結果）
十年又十年，十年又十年，
四十年的掙扎血汗。

「我拒絕，拒絕時代給我的悲劇。」
「你什麼時候回來？」
北去的雁鳥會南歸嗎？（南歸）
雁鳥總向溫暖飛。

三、冬天裡的春天——東北的妻

「娘，聽說臺灣已經開放探親了！」
「是真的嗎？等了四十年，四十年囉！」
那一年，烽火連天，炮聲連連，
粉碎多少天倫夢，
「每日，我在江邊望你。」
記得登船的那一天，
你頻頻回首，
竟演成多少子夜的輪迴，
東北　太行　居庸關，
黃河　長江　廣九路，
但是，再也跨不過，
翻騰的臺灣海峽。
一步步，你走過江南江北，
　　　　你躲過槍林彈雨，
　　　　你踏過我們心痛的苦難中國。

多少天倫夢，都在苦難中，

「兒啊！你何時回來？」

「這麼久了，他還記得我嗎？」

洞房花燭夜　一別四十年，

青紗帳裏尋覓你依稀的容顏，

隔岸生死兩茫茫，

教我，不思量也難忘。（難忘）

瀋陽會戰，東北圍城，北平和談，

「我會回來的，好好照顧自己，

替我侍奉母親。」

年年盼望，年年在記憶裏收藏，

高梁肥了又肥，大豆香了又香，

萬里長城萬里長，（長長……）

萬里思念歸故鄉。

「南飛的雁鳥會北歸？」

「他說過要來　哪怕是只見一面。」

南飛的雁鳥會北歸，

南飛的雁鳥會北歸。

四、北去的雁鳥會南飛——老兵的故事

北去的雁鳥會南飛，

海峽的兩岸，有我們的山水，
打開窗戶，
讓南風吹襲，
我們有共同的家，共同的願望，
共同的記憶，
海峽這邊有我的妻倚著我，
（落地生根　開花結果）
海峽那邊有我的妻念著我。
（高粱肥又肥　大豆香又香）
傳說　有一天，
每一隻雁鳥都會飛回，
飛回原先居住的地方，
兩岸，
都是我們擁有的山水。

後　記

　　我愛詩，我愛讀詩，也愛寫詩，無論是古典詩詞，或是新詩、現代詩，我都喜愛。詩不分古今只有好壞之別，只要是真性情，真景物的作品，便是好詩。至於古今詩歌是因詩體，詩語的差別，而有古典詩和現代詩之分；而詩情、詩意和詩境，在詩歌的內涵上，都是一致的，如同榕樹的根和枝幹是古代的，新枝和新葉是現代的，因而現代詩來自古典詩，使新詩和現代詩，也含有古典的風情，現代的溫馨。

　　我寫新詩，是在讀大學二年級開始，當時喜愛何其芳的《預言》，他十九歲能出版詩集，是早慧的現代詩人，與古代的駱賓王、王維、白居易少年有詩傳世，是一樣使人欽佩和仰慕的，少年情懷總是詩，在一九五一年我寫下〈里梅〉、〈花嫁〉，後來一直寫到一九五九年，結集為《童山詩集》。以後一直在大學裏教書，也教詩選和新文藝，便從事古典文學的整理和著述，詩的情懷仍在，但詩篇卻少；反而寫起古典詩來，對古典文學有份難以棄置的鍾愛。寫古典詩代替了新詩的創作，也從古典中，攝取古人的詩歌理論和詩篇的精華。有時也去比較古今中外詩歌的佳趣，體悟人類創作詩歌的意旨和情境。例如英詩主張「矛盾的諷刺語」，而我國卻是以「溫柔敦厚」的詩教為尚。因此，留英的印度詩人泰戈爾便說：

天空沒有留下翅膀的痕跡，
但我也曾經飛過。

又說：

貧窮從門口進來，
愛情卻從窗口飛走。

而我國詩人的寫法卻不太相同，例如，白居易在〈花非花〉中便說：

來如春夢無多時，
去似朝雲無覓處。

而民間俗諺有云：「船過水無痕。」與泰戈爾的前首，意思相似而含有哲理。又如元稹所寫的〈遣悲懷〉說：

誠知此恨人人有，貧賤夫妻百世哀。

與泰戈爾第二首的含義，要敦厚委婉多了，不是刻薄寡恩的詩語。

一九九三年秋，我應聘到香港客座一年，在珠海書院，能仁書院和聯教中心任教；開始在課餘之暇，依然寫些學術性的論文，尤其近幾年來，我把研究的主題放在李白的詩上，寫過〈菩薩蠻的創調與流傳〉、〈李白菩薩蠻探述〉、〈李白樂府詩中的情歌〉、〈李白與蓮花〉、〈李白詩中的仙話〉、〈李白詩與敦煌曲〉等，後來感到在客地寫論文，參考書都擺在臺北，要將文獻資料帶在身邊，實在不容易。於是在偶然的機會，重拾寫新詩的衝動，而詩的創作，是不必一大堆的文獻資料做佐證。只需要憑敏銳的

觀察，真情的體會，瞬間的感受，或用較長時日的醞釀，將旅居客情或平常感受的情懷寫下來，便完成一首首的詩篇，然後結集成冊。我用李白〈關山月〉的詩句：將這本詩集取名《天山明月集》。

一首動人的詩歌，並不是要告訴人們它有甚麼意義，而是以情來感人染人，使人感受詩中的情意，而陶醉其中，如同聽一支動人的樂章，看一幀感人的畫面，讀一首震撼心靈的詩篇。使人在讀詩的過程中，領略出其中的情感、哲理，或是感受，一切的索隱與推敲往往都是多餘的。

我喜愛李白〈關山月〉所呈現蒼茫遼闊的詩境，與我所寫的客旅情懷相吻合；其次李白的樂府詩中，有大量的情歌；我嘗試以抒情詩的方式，開拓現代詩抒情詩的境界。由李白詩中的情歌，如〈春思〉、〈長干行〉、〈江夏行〉等都是用平實高華的詩語，表達真實動人的情節，千載之下，詩情詩意，依然成分十足，並無隔礙，於是我嘗試用平易的筆調，來開展現代詩抒情的新天地。同時希望這些詩篇，能被當代的作曲家們，譜以新曲，使時下的時代歌曲，加入一份新的內容和新的格調。

我要感謝新的環境，帶給我新的感觸和感受，使它變成一篇篇的詩歌，我更要感謝，珠海、能仁和聯教中心的師生們以及香港的朋友，在假日一起遊覽港澳的古蹟名勝，使我在詩的選材上，得到充足的詩材，源源不斷地帶來寫作的靈感。我們相信，在遊覽或寓居時，得到朋友的鼓勵和幫助，最容易引發情思。化作一篇篇的詩歌。如同春天的來到，開滿一樹燦爛的花朵。從此我恢復寫新詩的動力，成為生命的一部份。

　　我鍾愛一生的便是詩歌，它能將我所思、所願，以及綺麗的靈思和聯想，真實的紀錄下難忘的鄉情、親情、友情和愛情，這些源源不絕的情思，猶如春泉的水，帶來清新的訊息和喜悅，使我重讀這些詩時如同回到往日的情懷和蹤跡，我珍惜這份情誼，同時我也盼望朋友們和讀者們，讀這些詩時，也能分享到，沈思時的心靈獨白，與友人相聚時的歡樂。使詩歌或成為我們生命中的春天，心靈中的糧食。

　　最後感謝東大圖書公司董事長劉振強先生；也是多年的好友，幫我出版第二本詩集，應裕康、方祖燊等好友；再度為我的第二本詩集寫序，潘麗珠仁棣為我報導教學的歷程。一部新詩集的出版，尤其在端午節前後，對我們而言，如同一個新孩子的誕生，充滿了喜悅和關愛。

童　山
一九九五年六月二十八日
於國立臺灣師大

滄海叢刊書目 (一)

國學類

哲學類

─ 3 ─

張公難先之生平	李飛鵬　著
唐玄奘三藏傳史彙編	釋光中　編著
一顆永不殞落的巨星	釋光中　著
新亞遺鐸	錢　穆　著
困勉強狷八十年	陶百川　著
困強回憶又十年	陶百川　著
我的創造‧倡建與服務	陳立夫　著
我生之旅	方　治　著

語文類

文學與音律	謝雲飛　著
中國文字學	潘重規　著
中國聲韻學	潘重規、陳紹棠　著
詩經研讀指導	裴普賢　著
莊子及其文學	黃錦鋐　著
離騷九歌九章淺釋	繆天華　著
陶淵明評論	李辰冬　著
鍾嶸詩歌美學	羅立乾　著
杜甫作品繫年	李辰冬　編著
唐宋詩詞選 ── 詩選之部	巴壺天　著
唐宋詩詞選 ── 詞選之部	巴壺天　著
清真詞研究	王支洪　著
茗華詞與人間詞話述評	王宗樂　著
元曲六大家	應裕康、王忠林　著
四說論叢	羅　盤　著
紅樓夢的文學價值	羅德湛　著
紅樓夢與中華文化	周汝昌　著
紅樓夢研究	王關仕　著
中國文學論叢	錢　穆　著
牛李黨爭與唐代文學	傅錫壬　著
迦陵談詩二集	葉嘉瑩　著
西洋兒童文學史	葉詠琍　著
一九八四	George Orwell原著、劉紹銘　譯
文學原理	趙滋蕃　著
文學新論	李辰冬　著
分析文學	陳啟佑　著